入れたり出したり

酒井順子

角川文庫 13153

入れたり出したり

目次

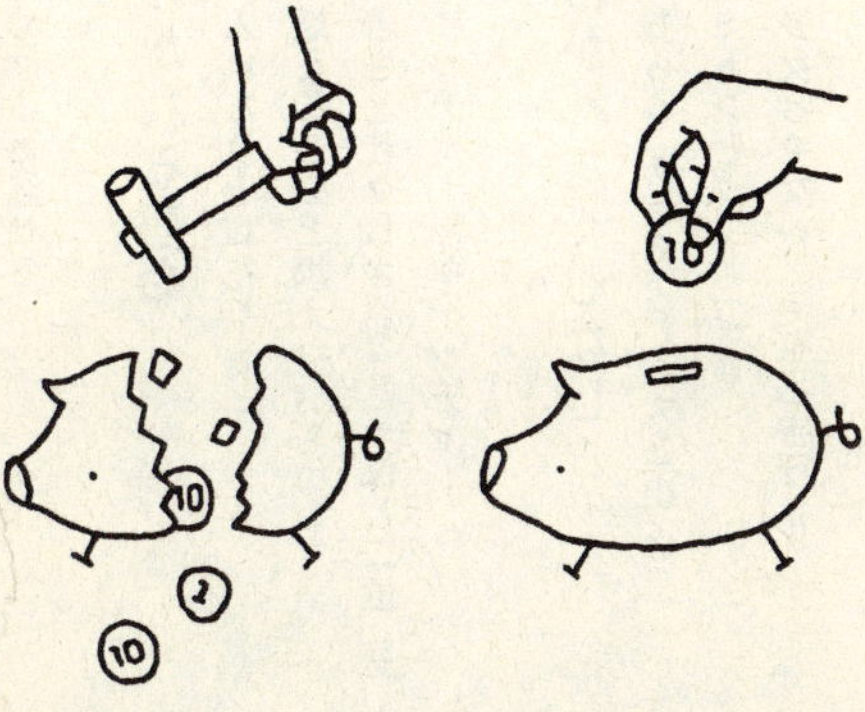

入れたり出したり

プロローグ

わかれる宿命

わかれたくもなし

わかれたつもりが

わけずにいられず

わかれゆくもの

エピローグ

装丁・装画／寄藤文平

プロローグ　分けると混ぜる

もうこれ以上分けられない、というものすごく小さな物質が、原子なのだそうです。昔の学者達が、

「これはこう分けられる」

「あっ、さらにこうも分けられた！」

と物質を次々に分解していき、ついには原子に到達したというシーンを想像してみると、彼等は確実に「物を見たら分けずにはいられない」という体質だったのであろうなぁ、と私は思う。

この世には、何かを見ると分類だの分解だのという「分ける」作業をせずにはいられない人とそうでない人がいて、私の場合はこんなことを書いている時点で既に前者であることは、自分でもよくわかっております。柿ピーなんか見ると、無意識のうちにピーだけを一ヵ所に集めようとしたりしている自分がいるし、一度でいいからやってみたいのは、郵便局における仕分けのアルバイト。アンティークショップで、無数の小引き出しがついた

薬棚など見ると、そんなにたくさん仕分けしなくてはならないものなど家に無いのに、ものすごく欲しくなってしまう。

「全ての学問は、分類することから始まる」という文章を読んだことがあります。なるほどそれはそうだ、では私は実に学問的な気質を持っているのだな……と思ってもみますが、仏教の世界には「業と煩悩は、分類と分析によって発生する」と書いてあるお経もあるらしい。確かに業と煩悩は私のとっても親しいお友達なのであって、分類好きの気質がその根本にあると言われると、非常に納得がいくのです。

「分けたい」という気持ちがなければイジメも民族紛争も起こらないだろうし、そもそも国などという概念も存在しないのでしょう。「これは私のもの！」という執着だって、私のものと他人のものとを区別するから起こるのです。

それなのになぜ、ある種の人は、何か分けられそうなものを見ると、分けずにはいられないのか。と考えてみるとその根本には「快感」があるからではないかと、私は思います。

たとえば、衣《きぬ》かつぎ。茶色い皮の部分を持って力を少し入れ、白い芋がひょっこりと顔を出すその瞬間、日本人であれば誰しも、思わず頬が弛《ゆる》むような気持ち良さを感じるものです。皮を剝《む》くということは、皮と芋とを分けるという行為なわけで、何のために衣かつぎを食べるかと考えた時、「里芋の味を味わいたいから」は五割くらいで、残りの五割は「皮を剝く時の気持ち良さを味わうため」という理由によるのではないか。そして子供がなぜイジメをするのかといえば、「自分の仲間」という輪をしっかり固めて、そこから異分子をはじき出すことに快感を覚えるからなのだと思うのです。

その気持ち良さは、ほとんど生理的なものです。ゆで卵の殻が短時間でツルンと剝けた時の爽快感《そうかい》は、スポーツで汗を流した後のそれとも似る。反対に、カステラの上下についている紙を剝《は》がすのに失敗して、茶色くておいしいところが紙にまだらに付着してしまった時のいやぁな気持ちは、まるで残尿感のよう。

私は、単にその快感を味わいたいがためだけに、分類をするのです。分けるだけ分けた後、そこに何も残らなくても別にいい。

「チワワが可愛いって思う人のセンスって、理解できなーい」

と言い切って、柴犬派である自分と、チワワ派の間にはハッキリとした溝があるのだ、と確認さえできれば満足なのです。

世の中にはしかし、私のような「分けたがり」の人とは反対の、「混ぜたがり」の人も存在します。混ぜたがりの人の理念は、いつも崇高です。男も女も区別してはいけない、とか。国境なんて無くなってしまえばいいのだ、とか。誰でもが使いやすい場所や物を作ろう、とか。ユニセックスとかユナイテッドとかユニバーサルとか、混ぜたがりの人達に関連する単語にはたいてい、「一つの」を表す「ｕｎｉ」という接頭語がついている。そして「ｕｎｉ」がつく単語は、どれもとても立派な、緒方貞子な感じ。

混ぜたがりの人達の理念や活動は素晴らしいもので、それらに文句を言うつもりは毛頭ございません。ただ、私は混ぜたがりの人達を前にするといつも、どこか居心地の悪い気持ちというか、

「イヤ本当にどうもすいません」

と謝って、黙ってどこかに行ってしまいたいような気持ちになるのです。

それは小学生の頃、キャンプにおける班分けをする時、

「仲の良い人同士にすると、仲間外れになる人が出てくるかもしれないし、いつも同じ人とばかり一緒にいることになってしまうので、くじ引きで班のメンバーを決めるのがいいと思います」

と見事に正論を言った人権派の優等生に対して覚えた鼻白む感じと似ています。私は当然、

「班分けなんて、仲良し同士ですればいいに決まってんじゃん」

という意見の持ち主でした。仲良し同士で班を作るということは、同質の人間同士が集まるという意味においてある種の分類作業であり、どの班にも入れない人がいたり、その人を誰が救済して自分の班に取り込んだりするのかというギリギリの折衝をするところに、分類作業上の妙味というものがあった。それなのにまず分類をしようともせず、くじ引きとは。〝世の中には、私には理解できない考え方をする人がいるのだ！〟と、やっぱりこ

こでも、彼我の間に線引きをしてしまった私であったわけですが。

も一つ言えば、それは東京ディズニーランドの「イッツ・ア・スモールワールド」を見る時の感覚とも似ているのです。

「せーかいーはひーとつー」

という歌に乗って、様々な肌の色の子供達が桃源郷のような場所で手に手を携える姿を見せるという施設をアメリカ人が考えたかと思うと、ちゃんちゃら可笑《おか》しいぜ……を通り越して、背筋がぞっとすらしてくるものです。

もう一回、念の為に言っておけば、「uni」の思想は大変素晴らしい、と私も頭では思っているのです。私も大人になりましたし、もし今度キャンプがあるとしたら、くじ引きで班分けをした方が色々な人と接することができて楽しいと思うことでしょう。それくらいの「uni」思想は私にもある。

が、世の中には、

「境界を取り払おうよ！」

といくら言われても、どうしても分かれてしまうものがあるのです。となるとこれからの世の中、分けたがりと混ぜたがりとが対立してくるということにもなってくるのではないか。

区別や分類の先に待っているものは、孤独です。分けずにいられないからといって、そ

して分けることが気持ちいいからといって、どんどん分けまくっていると、仲間などいなくなってしまう。私も、

「あの人って、こういうところが私と根本的に違う……」

「この人って気が合うと思ってたけど、やっぱり微妙にズレている……」

などと思いまくっているうちに、自分とぴったり気が合う人間など、この世界中のどこにもいないのだ、ということがやっとわかったクチ。

それでも混ぜたがりの人はとても優しくて、私のような者にも、

「私達と混ざらない？」

というお誘いをして下さいます。しかしスケベ心を出してそのお誘いに乗ってみた夜はいつも、〝絶対に混ざらないものって、やっぱりあるのだなぁ〟ということを改めて思い知ることになる。結果、

「あなた達がとってもいい人なのはよーくわかったけど、もう私のことはお願いだから放っておいてぇ～」

と心の中でつぶやきつつ、一人で家路につくことになるのです。

分ける快感というのは、麻薬のようなもの。一度分けだすと、とことんまで分けないと気が済まないのが、分類常習者の性《さが》なのです。分ける快感を一度知ってしまった者は、血走った目で一生、分け続けていくしか、道はない。分け続けた結果にたとえ煩悩まみれに

なろうとも、そして分け続けた最後に、何も残っていなくとも。

わかれる宿命

入れたり出したり

スーパーに行って食料品やら何やらたくさん買って、その重い袋を提げて家に入る時、ふと思うのです。

「あー、人生っていうのは入れたり出したりの連続で過ぎていくのだなァ……」

と。

家を一つの箱として考えるならば、私はその箱の中に、食料品やら本やら洋服やら家具やら電化製品やらと、日々色々なものを「入れ」まくっている。入れるだけではなく、出してもいるのです。それはゴミとしてゴミ置場に出されるものもあれば、スーパーで買った食べ物を食べた結果としてトイレから流されるものもあり、時には古本屋さんに持っていかれる本もある。

家に関して言えば、「出す」より「入れる」方が明らかに過多なのではないか、という気はするのです。洋服ダンスの密度は年々高くなっていくし、本は本棚に入りきらず、床から積み上げられている。食器類もついつい買ってしまうけれど、減るということはない。家という箱自体の総重量を考えてみると、年を経る毎に確実に重くなっていっているという、いわば〝家便秘〟状態。

　自分の身体も、一つの袋のようなものなのです。身体が一つの袋であれば、私の場合はやはり「入れる」方が「出す」よりも過多気味。元来が便秘性の身としては、毎日しっかりと食べる食事の分だけ、外に出しているとは、どうも思えない。いったいあの食事は、どこに行ってしまうのだろう……。

　とはいえ、ごはんを食べたりおやつを食べたり、牛乳を飲んだりコーヒーを飲んだりして、自分の身体の中に入れた色々なものを、確かにどうにかして、私は外に出している。自分の肉体においても、入れたり出したりの繰り返しなのです。

　特に私は「飲んだらすぐ出る症」と自分では呼んでいるのですが、水分を飲むと、その三十分後くらいには尿意がやってくる体質。飲んでからあまりに短時間で排泄《はいせつ》してしまうので、飲むという行為には果たして意味があるのかと思うほどです。それはもう、ほとんど「飲む」と言うより、「通過させる」に近い。

　飲んで、おしっこして。飲んで、おしっこして。トイレを流す度に、実にシンプルな構造をしている自分の肉体、というものを感じずにはいられません。

　伸びてきた髪や爪を切ることも、広義で言えば排泄行為の一部でしょう。私が口から入れた食べ物が、体内で何らかの変化をした結果、我が髪や爪と化す。伸びてきたそれらは、切られて捨てられる。

脇鼻の部分にたまる脂肪の角栓も、同じようなものです。

〝これは、昨日食べた鶏《とり》の唐揚げのアブラ分が、鼻に回ってきたものなのだろうか。しかしなぜ、鼻にアブラがたまるのか？　鼻をきかせるには、よっぽどのエネルギーが必要なのか……？〟

とか、

〝全人類の鼻のアブラを集めたら、石油に替わる新たなエネルギー資源になるのではなかろうか……？〟

などと思いつつ、脇鼻の部分をつまんで、角栓をニュルッと押し出す私。ああ、ここでも入れたり出したり。

赤ちゃんが生まれた友達の家にお祝いにいく時も、激しく「入れたり出したり感」を覚えるものです。友達は、

「もう今、人生初のすっごい巨乳よ！　今年の夏ほどビキニを着たかったことはないわ。母乳をあげてると、いくら食べても太らないし、どんどんお腹が空いちゃって……」

と、赤ちゃんにおっぱいを与える一方で、体育会の男子もかくやというほどモリモリと食べ、飲んでいる。この食べ物が母乳となって、彼女の乳房の突端から出ていき、それが赤子の血となり肉となるのだなぁと思うと、私の頭の中ではまた、

「入れたり、出したり……」

という呪文《じゅもん》がこだまするのです。

考えてみれば、生まれてきた赤子とその母親という存在自体が、「入れたり、出したり」の象徴のようなものなのでした。母胎に仕込まれた種が大きく育ち、やがて月が満ちて、赤子は体外へ出ていく。その結実から刈り取りまでを経験した母親は、自らの肉体の畑としての機能を、体感するのではないか。

赤子は、母親の身体から出てくると同時に、どこかの家族の一員となります。赤子は、家族の新しいメンバーとして「入って」きて、家族を賑《にぎ》やかにする。そして赤子の誕生を喜んだ親はやがて年老いて、かつて赤子だった子供に見守られながら、この世を「出て」いく。

もっと大きく言うならば、人間の出し入れは、地球規模で行なわれているのでした。

「赤ちゃんが生まれた」

という報を聞けば、〝ああ、また一人地球に入ってきた〟と思い、街中で霊柩車《れいきゅうしゃ》が走るのを見れば、〝一人出ていくのだなぁ〟と思う。

生まれる子供は少ないのに老人はたくさんいる、という少子高齢化の今の日本は、拒食症の人が便秘をしているようなものでしょう。拒食にも便秘にも、何らかの原因があるはず。それが、健康的な状態ではないことだけは、確かのようですが。

自分の身体という袋の中でも便秘をし、さらには子を産まぬことによって少子化、つまりは国家的な拒食症の原因に自らがなる。そんな自分もまた、三十余年前に地球という場に入って、出ていくまでのひとときを何となく過ごしている存在、なわけです。

そんなことを思うと、「おもいッきりテレビ」において、みのもんたが険しい顔で主婦の人生相談に応じているのを見ても、

「どうだっていいんじゃないのか……？」

といった気分についつい、なってしまう私なのですが。

自分の身体は袋のようなものであり、ひたすら何かを入れたり出したりすることによって、時はすぎてゆく。してみると、老化という現象にも、合点がいくようになります。

新品で傷一つない、とってもきれいな、なめし皮の財布があったとする。その財布に硬貨や札を出したり入れたりするうちに、次第に薄いベージュだった皮は飴色《あめいろ》に変わり、傷もつき、皮も前よりは柔らかくなってくる。自らの肉体にシワやシミを見ると、〝つまりまぁ、皮の財布と同じようなことなのだろう〟と思うわけです。

またある時、年上の女友達は言いました。

「セックスってさぁ」

と、彼女は腕を曲げて、腕の肉で谷間を作った。そしてそこに指を入れたり出したりしつつ、

「つまりこういうことなわけでしょう」

と、彼女。しゅっ、しゅっ、と乾いた音をさせて、腕の肉に指が出入りしています。

「こういうことをずっとやっていればさぁ」

しゅっ、しゅっ。

「局部も老化はするだろうねぇ」

しゅっ、しゅっ。

「っていうかさぁ」

しゅっ、しゅっ。

「何かバカみたいでもあるよねぇ」

しゅっ、しゅっ。

確かにセックスというものは、自分が当事者になっていると何かウットリした気分にもなるけれど、AVなどで他人がしているところを見ていると、その出たり入ったりの感覚が、とても間抜けなものです。

セックスに限らず、入れたり出したりの現場というものは、決して美しくはないのでした。それは、何かを食べる時の「入れる」でも、何かを購入するという「入れる」でも、またおしっこやうんちを「出す」時も、ゴミ袋をゴミ置場へ持っていくという「出す」にしても、同じこと。出し入れ行為をしている人間は、時に本能にとりつかれて我を失っていたり、また時にどこか虚《むな》しい表情をしているもの。

しかしだからこそ、出し入れ行為には快感が伴うのかもしれません。食べることを代表として、何かを「入れる」という時、私達は確かな快感を覚えます。買物をする時に気分が高揚するのも、お金を「出し」て物品を「入れ」るという、出し入れ感を同時に味わうことができる行為だからではないか。

ゴミ袋をいっぱいにしてゴミ置場に出した時は、「やることはやった」的な、ある種の充実感を覚えることができますし、うんちやおしっこの排泄行為に伴う快感も、言わずもがな。

してみると、死ぬこともしや快感なのでは、と思うのです。死ぬことはすなわちこの世から出ていくこと。この場合、自分という存在は排泄行為を行なう排泄主体ではなく、排泄されるそのもの、つまり排泄物となるわけなので、

「うんちをすると気持ちがいい」

という感覚とはまた別なのだとは、思うのです。しかし、トイレに吸い込まれていくうんちを見ていると、〝うんちはうんちで、暗い人体から表に出ていくことができて気持ちがいいのではないか〞とも思う私。

人生最後の楽しみというものがあるとすれば、それは自分がこの世から排泄されていくという死ぬ時の快感を、文字通りイッちゃうほどに味わうことだなぁと、思うのですが。

燃えるものと燃えないもの

電車のホームのゴミ箱には、「燃えないもの」という分類が、ありません。「缶・ペットボトル」、「新聞・雑誌」、そして「その他のゴミ」という分類になっている。「その他のゴミ」のところには、紙くずのような絵が描いてあるので、こちらとしては何となく「燃えるゴミ、なのであろう」と思う。おそらく、駅において缶やペットボトル以外の燃えないゴミが発生するという事態は、あまり想定されていないのだと思います。

……これは、燃えるものと燃えないものとに分別する。ゴミは、子供の頃から身体に染みついている習慣です。子供時代の私は、庭で焚火《たきび》をするのが趣味で、とにかく燃やせるものは何でも強気に燃やしていたのですが、ビニールなどを燃やした時は、いやーな臭いの煙――今から思えばそれはダイオキシンってやつだったのでしょう――が立ちのぼり、〝ああ、きっとこれは燃やしてはいけないものだったのだな〟と思っていた。

大人になった今、「燃えるもの」とは「燃やそうと思えば燃えるもの」ではないことを、私は知っています。「燃えないもの」とは、「火がつかないもの」ではなく、「燃やさない方が世のためになるもの」なわけです。そんなことを理解しつつ、全てのゴミを「燃える」か「燃えない」かどちらかの袋に投入するように習慣づけられると、〃ああ、この世の全ては、燃えるものと燃えないものによってできているのねぇ〃と、思えてくる。

だからこそ駅のホームでは、ハタと困るのです。たとえば新幹線で食べたサンドイッチが入っていたプラスティックのパックは、「その他のゴミ」に入れてしまっていいのか。どう考えても、「缶・ペットボトル」や「新聞・雑誌」の穴からは入りそうもないので、「その他のゴミ」に入れるしかないのだが、プラスティックは燃えないゴミだし、お手ふきは燃えそうだし、そんなこんなをいっしょくたに捨ててしまっていいものなのか。……などと悶々《もんもん》としながら、結局「その他のゴミ」に、捨てる。

このゴミをどうしたらいいものか、私が駅において最も逡巡《しゅんじゅん》するのは、横川の「峠のかまめし」を食べた時です。

長野新幹線に乗ると、車内で横川のかまめしを売っていて、私はつい買ってしまうことがある。

「クリとあんずをとっておいて、最後に食べるのが、楽しみなんだよね〜」

と、車外の風景を眺めつつかまめしを食べるのは、実にいいものです。が、最後にクリとあんずを食べおわった時に、ハタと気付くのです。

「このカマ、どうすればいいのだ」

と。

横川のかまめしをご存じない方に解説すれば、横川のかまめしとは、焼き物でできた小さなカマに入った状態で売られているお弁当。高崎のだるま弁当と並び、北関東および上信越方面に旅行する人にとっては、〝器も楽しい駅弁〟として有名なのです。

生まれて初めて横川のかまめしを食べるという人や、子供がいるという人であれば、そのカマを自宅に持って帰りもしましょう。カマを利用して家でかまめしは炊かないまでも、しばらくはそのカマを眺めるたびに、旅情を反芻《はんすう》してみたりするに違いない。

が、私は既に横川のかまめしを何度も食べており、カマは欲しくない。そんなわけでかまめしの中身だけ食べおわってから、

「カマ、どうしよう……」

となる。

かまめしのカマは、手で持って食べるのは重くてしんどいほど、厚手で立派なものです。そんなカマをゴミとして捨てるというのは人としてどうなのかと、まずは思ってみる。とはいえカマを家に持ち帰ってもどうにもならないわけで、やっぱり捨てよう！　と思うのですが、しかしカマをゴミ箱のどこに入れたらいいものか、わからない。

カマは、焼き物です。言うならば「既に燃えたもの」であり、「燃えるもの」「燃えないもの」という二分割から超越したような存在感。

とはいえカマは、明らかに缶でもペットボトルでも新聞雑誌でもないので、私はやむなく、「その他のゴミ」の箱にカマを入れるのです。「ドサッ」という音とともにカマを捨てる時、胸に去来するのは一抹の罪悪感……。

かまめしは食べたくとも、食べ終わった後のカマ処理を考えると躊躇《ちゅうちょ》してしまうという人もおりましょう。北関東・上信越方面の駅には是非とも、「横川のかまめしのカマ回収ボックス」を作って、資源を有効に再利用していただけないものか、と思う次第です。

横川のかまめしのカマならずとも、そしてそこが駅でなくとも、「このゴミはどうしたらいいのだ！」と思うことは多々あるものです。

たとえば、噛《か》んだあとのガムを銀紙に包んだもの。ガムって何となく、燃やしたら良くなさそうだけれど、燃やそうと思えば燃えるだろうもちろん、という感じもする。

そして、土。

誰かから、お花の鉢植えなどいただいて、

「まぁ、きれい」

と飾る。が私は、植物という植物をすぐに枯らすという魔法の手を持っていますから、花は早々に散ってしまう。植物の死体が植わった植木鉢を見て、「どうしたものか」と、思う。

素焼きの植木鉢は、かまめしのカマと同様、「既に焼いたもの」であろう。その植木鉢は、この先私は絶対に使わないことが予測できるが、まだ使えるものであることは事実。捨てるのも忍びない。

土も、一軒家に住んでいるのであれば、庭に撒《ま》いてしまえばいいのでしょう。が、わが家はマンション。土は不用品以外の何物でもないわけですが、果たして土って、燃えるゴミ？　燃えないゴミ？

結局私は、枯れた植物が植わったまま、植木鉢をベランダに出し、放置することにします。そして、

「ここなら雨も太陽も、多少は当たる。あなたが強くて運の良い植物であれば、また芽も出よう。じゃ、がんばって！」

と心の中で声をかけ、サッシを閉める。そんな呼び掛けに応《こた》えて、私がなーんにもしていないのに、次の年にまた花を咲かせた健気な鉢があるというのが、驚きですが。

本当に、世の中の全ては「燃えるもの」と「燃えないもの」とに分けることができるのか。この世のものを細かーく分類してゴミ袋に詰め、そこにいちいちゴミに対する心情を書くのであれば、「燃えるゴミ」「燃えないゴミ」という分類には納まりきらないような、

「一秒でも早く燃やしてほしいゴミ」

「燃やしたらいけないのかもしれないけれど、燃えた方が世のためになるゴミ」

「メラメラ燃えて灰になるまでを逐一見届けたいゴミ」

「このゴミ袋を開けて、誰かに中身を見てほしいような気もするゴミ」

「決して誰も掘り返さないくらい地中の奥深くまで埋めて、その上を堅く踏み固めたいゴミ」

「空き罎《びん》に入れて太平洋に流してみたいゴミ」

「広場に放置して、腐るまでの過程を衆人環視のもとに晒《さら》すべきゴミ」

「千年後に発掘してほしいゴミ」

……といった、もう様々なゴミ袋ができあがってしまうわけです。

複雑な感情やしがらみが絡んだたくさんの物を、全て「燃えるゴミ」と「燃えないゴミ」に大別してしまうというのは、ある意味で暴挙。嫌な思い出も恥ずかしい過去も、そのどちらかの袋に入れてしまえば、朝になって収拾車がきて回収してくれ、どこか私達の見えないところまで、運んでいってしまうのです。

たまに、ゴミ袋の中からバラバラ死体が発見されることがあります。初めてその手のニュースを聞いた時、私は「すごい手法だ！」と妙に感心したことを憶《おぼ》えています。

人を殺した人は、死体を山奥に放置したりコンクリート詰めにして海に沈めたり、自宅の床板をはがして埋めたりと、その処置に苦労している様子です。それなのにバラバラにしてゴミ袋とは！　税金を使って自分が殺した死体を処理するとは何と大胆、そして何と経済的。

ゴミ袋に入れて、誰かに発見されてしまったバラバラ死体もあるけれど、ゴミ袋に入れられて捨てられ、発見されないままきれいに処理されたバラバラ死体の方が、この世にはずっと多いような気もします。

燃えるものか、燃えないものか。自分で判断さえできれば、ゴミ袋は、ナマであろうと半ナマであろうと、はたまた乾きものであろうと、何でも受け入れてくれます。その懐の深さに、私はしみじみ畏敬《いけい》の念を覚える。

すなわち全てのものは、いずれあの半透明の炭カルの袋に入る運命にある。この世は、炭カルゴミ袋に覆われているようなものなのです。

冬の乾燥した日。カリッと痩《や》せた人が歩いているのを見るとつい〝どちらのゴミ袋に入れるべきか〟と判別しそうになり、あげくの果てには、

「よく燃えそうだ……」

などと思ってしまう、私なのでした。

若さと若々しさ

まだ誰からも言われたことはないものの、誰かに言われたとしたらおそらくかなりのショックを受けるのではないかと思われる言葉。それは、

「若々しいですねぇ」

というものです。

「若々しい」という言葉は、「若い」という言葉とは完璧《かんぺき》に違う意味を持っています。「若い」は単に、歳の少ないことや初々しいことそのものを表す言葉。対して「若々しい」は、本当は若くない人に対して「そんな年寄りには見えませんよ」と元気づけるための言葉。つまり、本当の若者に対しては決して使用されないのが、「若々しい」なのです。

平均寿命が延び、人間がなかなか老けなくなってきた今、「若々しい」を四十代の人に使うのは非常に失礼だし、五十代に対してでもまだ失礼。完璧に「あ、この人はシルバーパスをもらっていて、それを躊躇《ちゅうちょ》なく使っているな」と確信できる人に対してしか、「若若しい」と言ってはいけない空気があります。

「いつまでも若く美しく」

「老け込んでなんていられません」

という風潮がどんどん強くなっている現在、外見の老化は、罪悪です。年齢と釣り合わないようなシワを刻んでいる人は、

「様々な美容法がある今の世の中で、シワを放置しているなどということは人間として怠慢だ！」

と、忌まわしい十字架を背負った人のように見られる。

そんな世の中だからこそ、人と見たら「あなたは年齢よりも若く見える」と言わなくてはならない、という風潮も強くなってきました。相手が本当に実年齢よりも若く見えるかどうかなど、この際関係ありません。腕にとまる蚊を見たら反射的に叩《たた》くように、若者ではない人を見たら「若々しい」と言う。そう言っておけば、少なくとも相手から悪感情を抱かれることはないのであって、それは一種の処世術でもある。

テレビ番組においては、この傾向が顕著です。どこかの地方に行き、そこに老人がいたとする。レポーターがまず尋ねるのは、

「おいくつですか？」

ということであり、どんな答えが返ってきても、

「お若いですねぇ！」

と驚く。

　この「お若い」という言葉も、「若い」とは別の意味を持ちます。なぜ「若い」に「お」をつけるかというと、相手が自分よりずいぶんと年上の人だから。つまり、相手がそれほど若くない人であるということは最初からわかっている時に言う言葉が「お若い」なわけで、意味は「若々しい」と同じ。

「若々しい」とか「お若い」という言葉がほとんど社交辞令化している中で、

「いやぁ、お若い！」

「とてもそのお歳には見えない！」

　と言われることに、内心腹立たしく思っている高齢者もいるのではないかと、私は思います。もちろん、本当に嬉《うれ》しく思う人も多いでしょうが、

「適当なこと言うな、私は既にじゅうぶんにババア（もしくはジジイ）であって、若く見えることなどないし、元気でもないし、元気なフリをするつもりもない！」

　と言いたい人も、いるはずです。でも、相手も社交辞令として、

「若々しくていらっしゃる！」

　と言っているのがわかるから、

「いやいや、そんなことないですよ」

なんて社交辞令返しをしなければならないのではないか。

だいたい、本当にそのお年寄りのことを若いと思っているのだったら、テレビのレポー

ターは、どうしてお年寄り達のことを、おじいちゃん・おばあちゃんと呼ぶのか。本当に相手が若いと思っているのだったら老人呼ばわりしなければいいのであって、

「おばあちゃん、お若いですねぇ」

というのは、何とも矛盾した言い方なのではないか。

お年寄りに対して「若く見える」としか言わない人々に対して私がちょっとした嫌悪感を抱く理由は、お年寄りの性格自体を見極めようとしない怠惰な姿勢がそこにあるから、のような気がします。「若く見える」ことなどよりも、他にもっと誉めてほしい部分を持つお年寄りは多かろう。だというのに「こう言っておけば老人は喜ぶだろう」とばかりに「お若いですねぇ」を連発するのは、お年寄りを尊敬しているようでいて、実はとっても軽く見た態度のような気がするのですが。

「お若いですねぇ」が、既に若くない人々にとって無上の誉め言葉となっている背景には、日本において若さというものがあまりに珍重されている、という事情があります。富や名声といったわかりやすいホメポイントを持っていない人をも気軽に誉めることができる「お若いですねぇ」が便利に使用されることも、わからないではないのです。

そういう私も、「若さなんてどうでもいいんです」とはもちろん、思っていません。特に最近は、本物の若さを目の前にするとやけに感動してしまうのです。たまに十代の若者と話す機会などがあると、

「若いわねぇー、いや本当に若い」

と、相手の若さをひたすら指摘せずにはいられない。

当の若者にしてみたら、

「若いわねぇー」

と三十女にしみじみ言われても、困ることでしょう。

「はぁ」

とか、

「いやいや」

くらいしか言えないであろうことはわかっているけれど感嘆せずにはいられない、それくらいの特別さを、若さは持っている。

これは私の年代のせいでもあるとは思うのです。同年代の人に老化の影が忍び寄ってきている昨今。女友達はシワやシミを気にし、男友達はハゲやデブに心を悩ませている。そんな同世代の友人同士、女友達の頬にシミが出ていても、

「まだ全然大丈夫」

と慰め合い、また男友達の頭の地肌が見えるようになってきても、

「じゅうぶん若いよ」

と励まし合うのです。

その言葉は、嘘ではありません。同年代の顔ばかり見ていると、若い頃とほとんど変わっていないような気もしてくるのです。

が、いざ本物の若人を目の前にすると、そんな幻覚はすぐに消えてしまう。若人の肌の、何と密度の高いことか。そこにはくすみもシワもなく、全く躊躇せずに破顔&爆笑できる。そして私は、まるで富士山が見えた時、

「あっ、富士山だ富士山！」

と意味なく連呼してしまうように、若者を目にすると、

「若いわねー、本当に若い！」

と言い続けてしまうのです。

本物の若者を前にした時以外にも、「若い！」と言う機会も、わずかながらあるのです。相手が自分よりうんと年上の人であっても、確かに実年齢よりグッと若く見える人がたまにいるものですが、そんな人に対しては、私は「若々しい」とか「お若い」とかではなく、

「若いですねぇ！」

と言っている。

つまり「若い」とは、言わずにはいられなくて出てきてしまう言葉。対して「若々しい」とか「お若い」は、言わなくてはならないと思った上で言う言葉。両者の違いは、非常に大きい。

言ってしまえば、

「若々しいですねぇ」

という言葉は「若くないですねぇ」という意味を持つのです。いつか「若々しいですねぇ」と言われる日がきても激しく落ち込んだりしないよう、心の準備だけはしっかりしておきたいものだと思っております。

一位と二位

　ヤワラちゃんこと、田村、じゃなくて谷亮子選手（一九九〇年頃から四十八キロ級で活躍した女子柔道選手。プロ野球選手と交際&結婚したわけだが、なぜか彼女の一連の恋愛行動は、世間の女子達にはウケが悪かった。それというのも女子という生きものは、ヤワラちゃん的素朴な女子が色気づくことに対して生理的な嫌悪感を抱く傾向があり、時に〝あの手の女は一生処女でいろ〟くらいの希望を持つからである。もちろんその気持ちの裏には〝なんであんなにモサい女がプロ野球選手と結婚しているのに、私には恋人すらいないのか。私は、ヤワラごときに負ける女なのか〟という悔しさがあるわけであり、お洒落《しゃれ》したヤワラちゃんがプロ野球選手とデートする記事をスポーツ新聞で見たりすると、「こんなダサいカップルがウットリしてるところを公開するな！」とイラつくのである。「私って純粋で素朴な女なんです」というヤワラちゃんのイメージ戦略の下に隠されている女としての生々しさが、女性達にとっては鼻につくのであろう。……っと、カッコ内が長くなって失礼いたしました）が、

「最低でも金、最高でも金！」

と言い放って、見事本当に金メダルを獲得した（当然、世のヤワラちゃん嫌いの女性達は、貪欲《どんよく》なまでの金メダルへの執念と、恋人のプロ野球選手を我が手中にしようという執念とはそう変わるものではないのだろうなぁと、この時確信したわけだが）のは、シドニーオリンピックの時のこと。

私はこの時、

「最低でも金、最高でも金！」

という言葉に、いたく感銘を受けた、というより畏怖《いふ》の念に近い気持ちを抱いたことを記憶しています。競技スポーツをやっている人であれば、誰しも目の前の一勝を目指すものであり、その勝利を積み上げていった極限にオリンピックの金メダルというものが存在することは確かです。が、負ける可能性というものを自分の中から追い出し、マスコミに対して金メダル宣言をするその根性、否、ド根性。〝本当の負けず嫌いって、こういう人のことを言うんだ……〟と私は思った。

同時に思ったのは、「常に一位」という人とそれ以外の人とでは、見えている景色が確実に違うのであろう、ということ。

表彰台の一番高い場所に乗った人が、

「見える景色が違います」

と言うのは、何も本当に見える景色が違うからだけではない。たとえば相撲では、横綱にならないとわからないことがたくさんあるでしょうし、プロ野球においては、人気の面で圧倒的一位であり続ける巨人軍に入らなければ味わうことのできない空気と受けることができない利益とがあるからこそ、「お前もか」と言いたくなるほど多くの選手が巨人軍を目指すのでしょう。

「一位でなければ、二位も十位も同じ！」

と言うアスリートの気持ちもむべなるかな、なのです。

それは、スポーツの世界にだけ当てはまることではありません。業界一位の企業と、それ以外の企業。アメリカと、それ以外の国。自民党と、それ以外の党。……二位以下の立場から見る一位と、一位の立場から見る一位とでは、大きく様相が異なるに違いない。

盛者必衰と言いますから、一位の立場がどれほど磐石《ばんじゃく》と思えても、いずれ一位は入れ替わる、はずなのです。アメリカなどを見ていると、この国の勢いが衰えるなどということがこの先あるのだろうかと思ってしまいますが、ローマ帝国だって滅んだことを考えると、ものすごい先の未来にはアメリカが滅ぶことも、あるのかもしれません。

私自身は、一位というものにトンと縁が無い質《たち》です。どんなに頑張っても二位どまり、そうでなければその他大勢。一位にならなければわからないもの、を理解したことがない。

勉強でもスポーツでも、常に私は二番手以下なのです。アンチ巨人はそのせいでしょうし、バレーボールやサッカーといった団体スポーツを見ていても、皆に人気のエースではなく、目立たないけれど実は高度な技術を持っている職人肌の選手に好感を持つのが常だった。

もちろん私は、いつも一位の人に嫉妬《しっと》をしていたわけです。が、一方で一位という立場になるのが恐いような気もしていた。一位つまり頂点というのは、何かポッカリとした真空のような場所なのではないか。その場に立ってしまうと、二位以下の人からは仲間として扱われなくなり、誰も本当のことを言ってくれなくなる。そして一位以上の場所は無いのだから、移動するとしたら下に行くしか道はない。頂点に居続ける人がその恐怖心に耐え続けるのはさぞかし難儀なことであろう、いやいや私は二位でよかった……と、負け惜しみ半分で、思う。

一位になることの恐ろしさは、ヒットチャートを見ると強く感じます。たとえば小室哲哉が作った歌を歌うコムロファミリーが世を席巻していた時、私は〝コムロ時代に果たして終りが来るのだろうか?〟と思ったものです。が、やはり終りはやってきた。小室哲哉が作った歌を歌うだけで、歌手は「なんか、古いって感じ」という印象になり、小室哲哉とKEIKOさんの豪華結婚式は、さながらコムロファミリーの葬式の様相を呈していたものでしたっけ。

「凋落《ちょうらく》」は、一位になることができた人の宿命であり、特権です。二位や三位の人は、凋落などしない。凋落は、一位の栄光とセット販売されているようなものなのです。

ある歌手は、

「ヒットチャートの九位とか十位くらいの位置に、十年間居続けることが夢です」

と言っていました。それは、

「公務員になることが夢です」

と言う小学生と同じように、夢としてはちょっと小規模なんじゃないの、と思う人もいるかもしれません。が、歌が好きで心底ずっと歌い続けていきたいのであれば、「一位になりたいです」よりは賢い夢なのでしょう。

そう思うと、ヤワラちゃんの、

「最低でも金、最高でも金！」

という発言は潔い。最近はオリンピック選手でも、

「試合を楽しみたいです」

などとコメントする人が多いわけですが、「楽しみたいです」と言いながらも泣きそうな顔で戦ってやっぱり負けている人と比べた時、「一位以外は犬のクソも同じ！」と宣言するヤワラちゃんの、何と男らしかったことよ。

私はこの、

「楽しみたいです」

という発言に、いつも釈然としない気持ちを覚える者です。なぜアスリート達が口々に

「楽しみたいです」と言うようになったかというと、おそらくは東洋の魔女的な軍国スパルタ主義が次第に世界に通用しなくなった頃に、「欧米の選手達はもっとスポーツそのものを楽しんでいるのです」という啓蒙《けいもう》活動が盛んに行なわれたからなのだと思うのです。ウサギ飛びが中学・高校の部活現場で見られなくなったのと同じ頃、「試合を楽しむ」思想は日本に普及したのでした。

今となっては、春高《はるこう》バレーの選手達ですら、スパイクを失敗した後に満面の笑みを浮かべて雰囲気を盛り下げまいとしている。その姿は痛々しくすらあるのです。

「試合を楽しむ」思想とほぼ同時にスポーツ界に広まったのが、「自分の○○をする」という言い方です。○○の部分には、「自分の野球」「自分の相撲」など、それぞれのスポーツ名や「投球」「プレイ」といった単語が入ることになっています。試合前のインタビューでも、

「自分のプレイをするだけです」

と答え、負けてからも、

「自分のプレイができませんでした」

とか、

「負けましたけど、自分のプレイができたので満足です」

と答える選手達。

私はこの「試合を楽しむ」と「自分の○○をする」という言い方の普及が、日本のスポーツの弱体化の一因ではないかと思うのです。これらを使えば、たとえ負けても、いくらでも言い訳をすることができる。選手達は、

「今日は自分のプレイができませんでした」

と、さもたまたま運が悪かったかのような言い方をするけれど、自分のプレイというのはたいてい、相手が自分より弱い時にしかできないものであることを、彼等は忘れたフリをしている。

こと民族性ということを考えると、「楽しむ」とか「自分の○○」という思想は、日本人には向いていないのではないかと思うのです。何だかんだ言っても日本人は、〝鬼の○○〟などと言われる監督の下で、多少理不尽なまでの猛練習をして自分というものを失っていく辺りに、快感を覚えるタチであろう。「楽しむ」とか「自分の○○」のように、確固たる自分を持っていないとできないやり方は、そもそもが西欧のものなのではないか。

そして三たび、やはりヤワラちゃんはすごかったと私は思うわけです。退路など考えもせず、「欲しいものは一位のみ」と言い切る、円谷幸吉も真っ青のその精神。彼女は婚約会見の時、

「感動を与えられる家庭を作りたい」

と言い放ち、〝家庭って、誰かに感動を与えるために存在するものだったっけ……？〟

と私は思ったものですが、ヤワラちゃんならそんな家族設計も許そう。これからも一位街道を突っ走り、将来は立派な参議院議員になってほしいものだと、切に願う次第であります。

ピッチャーとキャッチャー

野球選手の中では、キャッチャーに最も魅力を感じます。甲子園に出てくる高校生のキャッチャーがピンチに際して、本当は自分だって不安でしょうがないのに、味方の守備陣に対して「大丈夫だぞ!」みたいな顔をして両手を挙げて励ます、その健気さとひたむきさ。

プロ野球で、打ち込まれてしまった若いピッチャーのところにベテランのキャッチャーがゆっくりと歩いていき、二言三言かけてポンと肩を叩《たた》いてから戻っていく時の、その頼もしい後ろ姿。

また高校生であろうと、プロのベテランであろうと、キャッチャーが最も魅力的に見えるのは、バッターがキャッチャーフライを打ち上げた時です。キャッチャーフライと見た瞬間、ボールを追う為にマスクをはねあげたその獲物を追う獣のような目は、普段はマスクで顔を隠している分、見ている者をドキリとさせる。

私は元々、尻《しり》の大きい男性が好きなのですが、キャッチャーというのは尻が大きい野球選手の中でも特に、大きな尻を持っていそうです。捕球のためにしゃがむキャッチャーの

巨大な尻を見ていると、

「男だねぇ……」

と言いたくなる。

「いぶし銀」とか「名バイプレイヤー」といった言葉に弱い私は、キャッチャーというポジションがあまり派手ではないから好き、という部分もあるのだと思います。華麗なフィールディングを得意とする内野手よりも、派手にキャッチしたあとに本塁送球を決めて肩の強さを見せつける外野手よりも、そして舞台の上のスターのようなピッチャーよりも、キャッチャーフライが上がった瞬間のキャッチャーが好き。

敵に点を入れられてしまった時のキャッチャーの姿も、良いものです。守備陣からキャッチャーへの矢のような送球と、三塁から走ってくる敵の走者と、どちらが早いか。激しいクロスプレーの次の瞬間、審判の顔を見上げるキャッチャーの、すがるような祈るようなその横顔は、死後七日目に蘇《よみがえ》ったイエスを見上げる弟子のよう。そして、審判が「セーフ」を出した時のキャッチャーは、あと一歩で終電を逃してしまった時のサラリーマンのよう。

ホームランを打たれた時のキャッチャーもまた、いいものです。球を受けるために左手を前に突き出していたのに球はミットの中に入らず、バックスクリーンへまっしぐら。ホームランを打ったバッターが誇らし気にホームベースを踏むその姿を、腰に手を当て、口を一文字にして見るキャッチャーのやるせなさよ。

ホームランを打たれた時、ピッチャーであれば、膝《ひざ》をガックリとついて派手に悔しがることもできましょうが、キャッチャーはそうはできません。かといってピッチャーとキャッチャーは連帯責任のようなところもありますから、ピッチャーを責めることもキャッチャーの立場ではできない。悔しさと腹立たしさが入り交じったようなキャッチャーの顔に、男の悲哀が漂います。

キャッチャーには、しかしキャッチャーにしか味わえない醍醐味《だいごみ》があるのだと思います。扇型の球場の要の部分に座り、球場全体を見渡す時、彼はひそかに掌握感をかみしめるのではないか。そして、自分が組み立てた配球がガッチリ当たって打者を仕留めた時は、フィクサーとしての満足感を得るに違いない。

私がこのようにキャッチャーに対して思い入れを持つのは、私自身もキャッチャー体質なのでは、と思うせいです。野球をしたことはないし、もちろんキャッチャーの経験も無いのですが、人間をピッチャー体質とキャッチャー体質に分けるとしたら、自分は確実に、キャッチャー体質だと思う。

ピッチャー体質というのは、「聞く」よりは「話す」方が得意な、自己主張タイプ。相手に自分の投球を受けとめてもらうのが当然と思っているので、他人の球を受けるのは得意ではない。

対してキャッチャー体質の人は、どんなクセ球もワイルドピッチも受けとめようとします。クセ球をうまく身体でとめることができた時は、職人としての幸福感すら覚える。

基本的にはどんな人とも合わせることができる、キャッチャー体質の人間。

「嫌いな人とは話なんかしない」

という、ワガママが身上のピッチャー体質の人とは、その辺がだいぶ違います。

好きではない人とも合わせることができるキャッチャー体質の人を見て、ピッチャー体質の人は「信じられない」と言います。が、キャッチャー体質にしてみれば、

「それが役割だから」

と言うしかない。

ピッチャーの調子が悪いからとか、ピッチャーの性格が悪いからとか、そんな理由でキャッチャーは捕球を拒否することはできません。どんなピッチャーの球をも受けとめるという、言い方は悪いけれど娼婦《しょうふ》のような姿勢が、キャッチャーには必要なのです。多数のピッチャーが自分の身体の上を通り過ぎる……じゃなくて、多数のピッチャーが自分のミットに球を投げ込んでくることを喜びと感じられなければできない仕事が、キャッチャーなのだと思う。

キャッチャー体質の人間も、同じなのです。好きな人だけでなく、嫌いな人も含めて色々な人を「経験」することがやぶさかでないという、ある種の娼婦タイプ。「色々な球

を知っている」ということが、このタイプにとっては芸のこやしとなる。

女房役とも言われるキャッチャーは、懐が深くて辛抱強い性格だと思われています。野球において優秀なキャッチャーは、確かにピッチャーが少し調子が悪くても怒ったりせず、上手に良い方向に導いていく、賢妻のような性質を持っているのでしょう。

ではキャッチャー体質の人間も同じような性質を持っているかといったら、それは違うようです。賢妻的な素養を持っているからキャッチャー体質になったという人ももちろんいましょうが、中には単なる不感症の人もいる。

不感症を原因とするキャッチャー体質の人は、誰のことも嫌いではないのだけれど、同じように誰のことも好きではないのです。だからこそ、不特定多数の人と交際することができる。

誰のことも受け入れてくれる娼婦は、時に聖女にたとえられます。が、彼女は別に慈悲の気持ちから男性を受け入れているわけでもなかろう。能力としてできてしまうから、そしてそうするしか道がないから、来るものをただ受けとめてあげる。そのひたすら受容的な態度が、見様によっては聖女に見えるのだと思う。

キャッチャーに悪人無し、とよく言います。……というのは嘘ですが、ひたすら球を受けるという地味な仕事をコツコツこなし、チーム全体に目配りをするキャッチャーが、善人に見えがちなことは確かです。

が、目立たないから善人とするのは、大きな間違いなのだと思うのです。キャッチャーの中にも、ただ球がミットの方に来るから受けては投げ返すだけで、内心は〝……ったく、どいつもこいつも使えないピッチャーばっかりでどうしようもねぇなぁ〟と思っている人がいることでしょう。そこには深い諦念《ていねん》があるように思える。

キャッチャー体質の人の中にも、目の前の人が話しかけてきたら、たとえその人のことが嫌いで、内心〝あーつまんない話だ。早く話が終わらないかなぁ〟と思っていたとしても、

「ふーん、ふーん、そうねぇ」

と機械のようにうなずく技術を持つ人はいる。もちろん、ひたすら親身に見えるような目で。

雑誌には、

「聞き上手は、生き方上手」

などとよく書いてありますけれど、聞き上手の方が、本当はよっぽどタチが悪いということも、あるのです。

キャッチャーマスクの下でキャッチャーは、実はとことん世の中を馬鹿にしたような顔をして、球を受け続けているのかもしれません。キャッチャーはピッチャーの女房役といっても、両者の関係は、実は一妻多夫。相当したたかでないと、多夫など操れぬはずなの

です。だとしても……否、だからこそ、私はキャッチャーというポジションにつく人を、これほどまでに好むわけですけれど。

わかれたくもなし

もらう、あげる

「元気をもらう」

とか、

「勇気をもらう」

といった言い方が、私は嫌いです。

昔はこのような言い方、つまりは形の無いものを「もらう」という言い方はしなかったと思うのです。おそらくは癒しブームの頃から、つまりは「癒し」という形の無いものが商品となった頃から、

「○○さんと話すと、元気をもらえます」

とか、

「タイガー・ウッズに、夢をもらいました」

といった言い方が流行《はや》ってきたのだと思うのですが。

昔は「もらう」の代わりにどのような言い方をしていたかといえば、

「○○さんと話すと、元気になります」

とか、

「長嶋茂雄に触発されて、自分も将来への夢を持ちました」

という感じだったはずなのです。つまり昔、人々は○○さんや長嶋茂雄が無料で配っていたのをもらう、という形式で「元気」や「夢」を得ていたのではない。○○さんや長嶋茂雄の影響を受けつつも、あくまで元気に「なる」とか夢を「持つ」ことの主体は、自分だった。

「もらう」という言い方にはまた、ずいぶんと馴《な》れ馴れしい印象があるものです。もし、大自然や神といった大きな存在から、恵みとして何かを与えられるという心情がそこにあるとしたら、「もらう」ではなく「いただく」とか「頂戴する」とか「授かる」と言った方が良いであろうに。

「元気をもらう」的な言い方の気持ち悪さの元は、そのあくまで受動的な、というより受動的なフリをする態度にあるといえましょう。「元気をもらいました」の陰には、「本当はもらう気なんかなかったんだけど、むこうが『あげる』って言うからもらっておいたのね……」と言いた気な空気があり、その鼻白む感じというのは、

「私は全然知らないうちに、姉が勝手にオーディションに応募してしまっていて、いつの間にか合格していたんですぅ」

と言うアイドルとか、

「いやこの勲章は皆様が推して下さったお陰で図らずも頂戴できたもので……」

と、本当はバリバリ自薦だったのに言う老人に覚える印象と似ており、

「本当はやる気マンマンのくせに！」

と、つい言いたくなるわけです。

「○○さんから元気をもらいました」

と言っている人は、本当は○○さんから元気を贈呈されたわけではありません。正確に言えば、○○さんから勝手に元気をすすりとった、もしくは○○さんが知らないうちにボトボト落としている元気を無断で拾った、のです。

その人は、しかしあくまで「いや、この元気は○○さんのご好意で『もらった』のです」と言い張る。

「ええ、今日は若い娘さんから元気をもらいましたねぇ」

などと甘っちょろいことは言わず、

「ええ、今日は看護婦さんが若くてきれいな子でねぇ。若い娘のエキスをたっぷり吸い取らせてもらいましたよ、ひっひっひ」

と言う病院帰りのヒヒじじいの方が、その素直さにおいて、よっぽど好感が持てるというものでしょう。

「もらう」ことが好きな人のことが好きではない私は、「あげる」ことが好きな人にも、

違和感を覚えるのです。

「大リーグに挑戦して、子供達に夢を与えたいんです」

とか、

「女優になって、みんなに感動を与えたいんです」

とか、

「南極横断をすることによって、世界の人々に勇気を与えたいので誰かスポンサーになって下さい」

とか。何かに挑戦しようとする人は、最近みんな「誰かに何かを与えたいから、やる」という言い方をするのです。どうして素直に、「自分がやりたいから、やるんです」と言わないのか。

大リーグにしろ女優にしろ南極横断にしろ、本人が「やりたいっ！」という強い希望を持っているからやるとしか、ハタからは見えません。いくら慈善流行りの今だからといって、下手に「○○に××を与えたい」という大義名分などくっつけず、

「やりたくてたまらないんです。やらずにはいられないんですっ」

と言ってくれた方が、よっぽど応援する気になるのになぁ。

よしんば彼等が、真剣に誰かに何かを与えるために、ほどこし感覚で野球や南極横断をするのだとしても、それはそれでどうなのか。「南極横断って危険なんでしょ？　死ぬか

もしれないんでしょ？　そんなこと、不特定多数に不確定なものを与えるためにやっても
らわなくて結構ですよ〜。それで本当に死んじゃったりしたら、不特定多数の方だって寝
覚めが悪いですよ〜」
ということになるのではないか。つまりその手のことは、あくまで個人の責任の範囲内
でやってはどうか。
してみると、
「私は誰かに何かをあげたいんです！」
とことさら言う方も、
「誰かが何かを私にくれるんです！」
とことさら言う方も、本当はあげるフリ、もらったフリをしているだけのような気がし
てきます。
単に「自分がやりたいからやるんです」では、自分のことしか考えていないバカのよう
に思われてしまいそうだから、
「子供に夢を与えたい」
とか言う。
自分は獲物を目掛けて狡猾《こうかつ》に動くカラスではなく、口を開けてエサを待つ純真な小鳥ち
ゃんだと思いたいから、

「元気をもらいました」

　とか言う。

　あげることももらうことも、快感を伴う行為なので、そのフリをしたいという気分は、よく理解できます。確かに、友達にプレゼントなどあげて、喜んでくれるのを見るのはとても嬉《うれ》しい。プレゼントをもらうこともやはり嬉しいわけで、

「これ、もらっちゃったー」

　と見せびらかしたくなります。

　しかしそんな快感は、クセになるのです。世の中には、何だかやたらと他人に物をあげようとする人がいるものですが、〝その手の人を見ていると、時に〝あ、この人って、「誰かに何かをあげて喜んでもらうのが大好きな、優しくて太っ腹なボク」っていう立場が味わいたいから、私に何かくれるんだな〟と思う瞬間がある。そんなことを思いながらも、

「えーっ、いただけるんですかぁ。嬉しい！」

　などと、くれるというものはもらってしまう私も私だ、というところもあるわけですが。もらうことにも、習慣性があるのです。

「あのバッグ、いいわねぇ」

　なんてつぶやくと翌日には誰かからそのバッグが届いているような人の場合、欲しいものは誰かからもらう、ということが当然になっている。だから、

「あのバッグ、いいわねぇ」

とつぶやいたのに、翌日になっても翌々日になっても届かないと、「そんなはずはない」と腹を立てたりもしてしまう。

快感にうっとりしている人の姿は、ハタから見ていると醜いものです。あげる快感、もらう快感にしても同じ。

「与えてやったぜ」

と鼻をふくらませる人を見ても、

「もらっちゃったの」

と唇をつき出す人を見ても、

「あーよかったねー」

と、感情のこもらない社交辞令を返すことしか、私にはできないのです。

でもまぁこんな感覚は、他人に何かをあげまくることができるような余裕もなければ、他人から何かをもらいまくるような魅力も無い人間のヒガミ、なのでありましょう。こんな時代なのだから、靴もバッグも、夢も元気も、せいぜいやったりとったりしていただいて、内需拡大、景気回復につなげていただきたいものだと思う次第であります。

大と小

知人からのメイルに、

「ちょっと小用があってそちらのご近所まで行くのですが……」

と書いてあるのを見て、「えっ、おしっこしにわざわざこちらまで？」と、一瞬軽く驚いたことがあります。


小用という言葉には、実は「おしっこ」及び「ちょっとした用事」という二つの意味があるわけで、その用法は全く間違っていないのですが、私は、

「ショウヨウ。小用。えへへへへ……」

と、いつまでもニヤニヤ笑っていたのでした。


トイレを流すレバーのところに「大」と「小」の表示があるものがあって、これはもちろん大便と小便の意味なわけです。

が、幼少の頃から私は、このことに何となく違和感を覚えていました。おしっこしかしていない時は、小の方にレバーを回せば水が節約できるということはわかるのですが、一口に「小」とは言っても、男子のそれと女子のそれは、異なる。

男子の小は、聞くところによれば紙を使用しないと言います。中には、

「俺、実は紙で拭《ふ》いてんだよね」

という人もいますが、一般的には自然乾燥で済ませるものらしい。

対して女子の小は、

「私、実は紙で拭いてないのよね」

という剛毅《ごうき》な人ももしかしたらいるのかもしれませんが、普通は紙で拭く。

液体だけの、男子の小。液体＋紙の、女子の小。その両者を、同じ「小」レバーの水で流してしまっていいのか。いや別に道義的には何ら問題は無いのだが、男子の小を流すことが基準になっているとしたら、果たして女子の小を流し切ることができるのか。

そんな不安を抱きつつ、思わず小の時も大の方へレバーを回してしまう女子が多いのではないかと思うのですが、いかがでしょう。女子の小を安心して流すために、「中」という選択肢があってもいいのになぁ、と私などは思うわけです。

トイレの水洗レバーの左右に振り分けられている、「大」と「小」。この分け方にも、私は何となく不満を持つ者であります。なぜなら、そもそも両者は、大きいとか小さいとかいう基準で分けられる存在ではないような気がするから。

もしも「小」が、たとえば粟粒《あわつぶ》のような形状のものであれば、同じ固体同士ということで、大と小という分類でもよいかとは思うのです。が、小の実態は、固体ではなく液体。

液体は液体としての矜持《きょうじ》というものを持っているだろうし、

「小って言われてもねぇ……」

という納得のいかない気持ちを、おしっことしては持つのではないか。

トイレにおける大と小という表記には、「排泄《はいせつ》物のことに関してはあまり深く踏み込みたくない」という、日本人の逃げの姿勢を感じるのです。日本語においては、漢字表記にすると乾いた感じに、そしてひらがな表記にするとより親しみやすい感じになるものですが、トイレにおいても「漢字表現にすることによって排泄という行為の生臭みをなくしたい」という意図が感じられる。

トイレというものは、漢字の読めない子供や外国人も使用するものですから、「大」「小」ではなく、「うんち」「おしっこ」にするとか、もしくはイラストによって表記する方が親切というものでしょう。だというのに頑なに漢字にこだわるのは、そこに「本当はなかったことにしたいのだけれどしょうがないので……」というテレがあるからなのだと思う。

考えてみれば、そもそも「便」と言うと、大便すなわちうんちのことを指すわけです。「マン」が男性を表し、「ウーマン」が女性を表すかのように、便はうんちを、小便はおしっこを表す。基本はうんちにあるのであって、おしっこは二流の、従属的な排泄物なのだ、と言わんばかりの表現です。

あるホテルに宿泊した時、便器の横に「大便器の洗浄方法」というシールが貼ってあるのを見ました。それは単に、用便後はレバーを押して流せということが書いてあるだけの、つまりは水洗トイレをあまり使ったことがない人がまだいた時代に貼られたシールなのですが、「大便器」という言い方に、私は少なからず抵抗を覚えたのです。

大便器とは、もちろん大きな便器という意味ではありません。小便専用ではなく、大便もできる器、という意味なのだと思う。〝しかしこれでは、小便の立場というものが……〟と、私は納得いかない気分に。

どちらかといえば、うんちよりおしっこに対してより強い親しみを持っている者としては、おしっこが軽視されがちであることに、ちょっとした反発を感じるのです。が、うんちはうんちで、「大」であるが故の重荷のようなものも、背負っているような気がする。

たとえば大便は、小便と比べると、より恥ずかしい存在です。

「おしっこしたい」

は、まぁ親しい人にであれば言えますが、

「うんちしたい」

は、よっぽど親しい人に対してしか、言うことができない。そんなことは誰にも言えないという人も、少なくないでしょう。

さらには、おしっこを洩《も》らすよりうんちを洩らす方が恥ずかしいだろうし、おしっこよりうんちの方が臭い。大便は大であるが故に、様々なマイナスイメージを背負わされているのです。

おそらくは全ての局面において、「大」というものはそんな宿命を持っているのだと、私は思います。大企業、大政治家、大物、大国。それらの言葉を聞いて私達が想像するのは「清廉」とか「正直」といった言葉では、ない。大の字の影には、ドロドロとした臭気漂うものが渦巻いているに違いないと思えてくるものです。

大が大であるが故に負う苦労も、あるものでしょう。たとえば身長の高い人は、本当はテレ屋で気が弱いのに、自分の身長からくるイメージに合わせようとして、わざと磊落《らいらく》にふるまってみせたりする。対して小さい人は、どれほど強靭《きょうじん》な精神を持っていても、身長のイメージで「可愛い」と思われがちであるところを利用して、非常に大胆な戦略に出たりする。大きい人が堂々としているように見え、また小さい人が皆から可愛がられるだけの人のように見えるけれど、実は立場は反対ということもあるのです。

そもそも私達は、「小」というものを非常に好む性質を、持っているのでした。小さな島国に、外国人と比べると明らかに小さな体軀《たいく》の国民が住んでいるという、日本と日本人。北海道や富士山程度で、

「おっきい！」

と感動してしまうのです。

そんな私達は、大に対する憧《あこが》れは大きいものの、「私達は、小でやっていくしかないのだ！」という諦《あきら》めも持っています。相撲において小兵力士が大きな力士を倒すと大興奮するし、バレーボール全日本チームの試合では、巨人揃いの外国チームを相手に根性と敏捷《びんしょう》性を生かした「粘りのバレー」を展開しようと頑張るのです。

しかし、小が大に抵抗するには、限度があります。小兵力士は、全国の小日本人の気持ちを代弁するかのように、一生懸命に巨体のアンコ型力士に向かっていくものの、次第に体力の違いが出てきて負けが込み、幕内から転落してひっそり引退。もしくは負傷して引退。バレーボールにしても、日本のエースが打つスパイクが、ことごとく外国の巨人のブロックにかかっていくのを地を這《は》うようにして拾いまくるものの、そのうちに拾いきれなくなって、惨敗。

やはり小の立場にいる者は、真正直すぎては、大に向かっていくことはできないのです。ミニモニ。のメンバーの性格が悪いとは誰も思わないように、日本人は小な存在を無条件で許し、また信じてしまうところがある。

「一小市民」とか、「零細企業の経営者」といった肩書きを持つ人達は、ミニモニ。と同様、悪人と思われる心配は無い。その辺の事情を利用して、

「ただ私は、家族と普通に幸せな暮らしがしたいだけなのに」

と濡《ぬ》れた子犬のような目で訴える一小市民の声、みたいなものをニュースで聞いている

と、ある意味「小」の傲慢《ごうまん》さ、小の恐ろしさのようなものも感じるのです。

小国の国民だから、低身長だから、低所得だから……というような「小」の要素を持っていることとイコール「真」とか「善」であるということは、絶対に無いのです。が、小は善と間違われ易い。そういえば私自身も割と小柄であることだし、態度も声もそんなに大きくないし、その辺を利用して本当の意地悪さ加減を目立たないようにしているきらいはあるよなぁ……と、思い当ることは、大。

してみればおしっこという存在も、排泄当初はサラッとしていて「うんちなんかと一緒にしないでほしい」というような上品ぶった存在感なわけですが、そのうちに文字通りションベン臭い、すなわち貧乏臭いにおいがしてくるものなのでした。

小という文字に隠れつつ、実は結構したたかな、おしっこ。ま、そんな意味においても、私はおしっこという存在に、より親しみを覚えるわけなのですが……。

ミトンとグローブ

ここのところ私、「ディスカバー・ミトン運動」を展開しているのです。と言っても一人で、ですけれど。

ミトンとはつまりその、親指だけが独立していて、人差し指から小指の部分は全部まとめて袋状になっている、子供がよく使用する手袋のこと。子供の頃、右のミトンと左のミトンが毛糸でつながっているやつを使用した思い出がある方も、多いことでしょう。

ディスカバー・ミトン運動のきっかけは、とある冬の日に、小さな雑貨屋さんに入った時のことだったのでした。店の片隅に、うすーい草色のミトンが置いてあったのを、私は発見したのです。

「ミトンかぁ、なつかしい……」

と手にとると、その草色のミトンにはなぜか、黒い毛糸で「J」というイニシャルが刺《し》繍《しゅう》してあるではありませんか。

「順子だジェイ!」

と心の中でつぶやき、思わずそのミトンを購入したというわけです。

ミトンをはめるのは、おそらくは二十年ぶりくらいだったのだと思います。してその感覚は……、実にイイ！

ミトンの何が良いのかと申しますと、まずは「暖かい」ということ。

普通の五本指のグローブというのは、一本一本指がくるまれているのだからミトンより暖かいような気もしますが、実は違う。グローブをしていると、手全体で見ると外気に接する表面積が増えるため、指の一本一本が外気の寒さを直接感じてしまい、指がしんしんと冷えてくるのです。グローブ内部でグーの形を作って寒さをしのぐことも、私の場合はしばしば。

ところがミトンは、親指を除く四本の指が一つの袋に入っているため、それぞれの指同士で暖め合うことができるのです。雪山で遭難した人は服を脱いで互いの肌で暖め合ったりするそうですが、ミトンの中の指もそんな感じ。ですから寒がり屋さんには、ミトンを是非、お薦めしたい。

次に挙げられるミトンの利点は、「している人を可愛く見せる」というところです。ミトンをしている人は、複雑な作業はできません。何となく動きが子供じみて見え、おじさんであろうとおばさんであろうと、ミトン着用者は妙にキュートなのです。

単純な形というのは、それだけで可愛いものです。ミッフィーちゃんのお口は、バッテン一つで表わされているから、可愛い。スヌーピーの目も、てんてんだから、可愛い。そしてミトンも、グローブとは違って単純極まりないラインだからこそ、可愛いのです。

自分の意識も、ミトンによって何となく変化してきます。ミトンをしていると、人はジャンケンをしようとしてもパーかグーしかできません。チョキすなわちハサミというトゲトゲしい形を作ることはできないわけで、その感じがドラえもんみたいで、我ながら可愛い。ミトン一つしているだけで、自分の行動全体が可愛らしくなってくるような気がするのです。

人の行動は、その服装によって規定される部分が大きいのだと言います。スカジャンを着ればメンチの一つでも切りたくなるし、ナース服を着れば、常に他人のためを思った行動をとることができるのでしょう、たぶん。

そしてミトンは、人を愛らしくする。複雑な作業などする必要の無い子供の特権として与えられるのがミトンであるわけですが、大人がミトンをすると、子供時代の純真な心を少し、取り戻したような気分になるのです。これぞ、ミトンプレイ。

ミトンをしていると、行動が制約されることは、否めません。財布から小銭を取り出してキヨスクでキシリトールガムを買う、などという行動はミトンには向いていない。

しかしだからこそ、ミトンは和むのです。自動改札に定期を入れる人の手が、ミトンだったら。スポーツ新聞を読むおじさんの手が、ミトンだったら。この世の中の殺伐とした空気はずいぶんと、やわらぐのではないでしょうか。

人は犯罪を犯す時、指紋を消すために手袋をするものですが、ミトンで悪事をはたらく気にはなるまい。手を動かしにくいということ以前に、悪事をはたらくにはあまりにも可愛らしすぎる、という理由で。

最近、どうも心がすさんでいる……とお感じの方は、一度ミトン、それも毛糸のミトンに手を入れてみてください。きっと、自分の手をじっと見つめるだけで、ほのぼのとした気分になってくる。そして人に、

「やぁ」

と意味もなく、手を振りたくなってくる……もちろん、パーで。

大人向きの毛糸のミトンなど滅多《めった》に売っていない、というのが「ディスカバー・ミトン運動」が突き当たっている大きな壁ではありますが。こうして他人にミトンを薦めることによって、世知辛い世の中の空気を少しでもほっこりさせたい、と微力ながら願う次第であります。

少女と老女

私は、かつて少女であり、そしてこれから老女になるという立場にある人間です。少女の記憶は既に遠く、また老女になりゆく実感もまだ薄いという、ちょうど人生における真ん中あたりの位置を生きている最中。

実生活上でも、少女や老女とは縁の薄い日々を送っています。身の回りには少女も老女もおらず、付き合うのは働き盛りの年代の人が多い。少女も老女も、「この世に存在するのは知っているが実際に接することはない」という、野生動物のような感じがします。

ですが私は、少女に対しても老女に対しても、愛着を持っているのです。なぜならば私の中には——これは私だけでなく、おそらく全ての女性がそうなのだと思うのですが——少女と老女の両者が、確実に住みついているから。私の心の中には、〃少女玉〃と〃老女玉〃という二つの玉があって、時と場合によって、どちらかがひょっこり顔を出してくるのです。

私が少女だった頃は、肉体自体が本物の少女だったので、心の中の少女玉の存在はさほど目立ちませんでした。

「ああ、私は少女なのだ！」

と自覚することもなかったと思う。

むしろその頃は、自分の中の老女玉が、気になっていました。マックシェイクより、甘酒。ポテトチップより、梅干し。弾《はじ》けることより、落ち着くことの方がしっくりくる。……そんな傾向が目立ったのは、少女にしては心の中の老女玉が大きかったからに違いなく、自分でも〝なんでこんなところにこんな玉があるのだろう？　友達にはこんな玉、無いみたいなのに〟と、鈍い光を湛《たた》えた老女玉の存在が訝《いぶか》しかった。

そうこうしているうちに決して少女とは言えない年齢になってくると、今度は自分の中のもう一つの玉、すなわち少女玉の存在が浮き上がってくるようになります。実は今でもスヌーピーが好き、とか。千代紙を集め続けて二十五年、とか。クリスマスとかひな祭りとか大好き、とか。お誕生日はやっぱりケーキのロウソクをフーッて吹き消したい、とか。ミツバチとひなぎくが好きよ、とか。……大人になったからこそ、自分の中の少女玉はかえって、燦然《さんぜん》と輝きを増してきたようなのです。

今、私の中ではちょうど、少女玉と老女玉が同じくらいの大きさで同居しているという状態です。同年代の友人を見ていても、大小の違いはあれど、両の玉が同時に存在しているらしい。

同世代の男性を見てみると、彼等の中にもやはり、少年玉と老年玉が同居している様子です。が、彼等と我等では、世間から求められる〝玉の見せ方〟というものがかなり、違っているようなのです。

男性の場合は、老年玉は隠しておいて少年玉をアピールした方が、圧倒的にウケは良いのです。老年玉を全開にしてしまうと、

「ジジむさい」

「老けこんじゃって」

などと言われてしまう。しかし趣味に夢中になってみたり、屋外で走り回ったり、叶《かな》わぬ夢を追っていたりすると、

「いつまでも少年っぽさを失わない人って、素敵」

ということになる。

対して女性の場合は、老女玉をいくらアピールしても、誰も文句は言いません。

「そうですね、あなたはもう若くないし、女性の場合、若くないイコール年寄りってことですから、それくらいの自覚があった方が丁度いいんじゃないでしょうか？　自分の年齢を自覚してない人の方が、周囲にとっては迷惑だったりするんですよね、女性の場合」

と、冷静に受けとめられる。

女性にとって難しいのは、少女玉の見せ方なのです。いくつになっても、女性の中には少女玉がある。それどころか、歳をとるにつれて少女玉の存在感は重みを増し、三十歳だ

ろうと四十歳だろうと、そして五十歳だろうと六十歳だろうと、お部屋の中でお気に入りのぬいぐるみを抱き締め、ぬいぐるみを抱き締めている自分そのものが可愛い、なんて思う瞬間があったりするわけです。が、その姿はあまり、他人に知られない方がいい。

確信犯はともかくとして、〝自分の中の少女玉を顕示しても、まだギリギリ可愛いって思われるだろう〟という誤解のもとに、

「一人の時はね、ぬいぐるみとお話したりするの」

などと言ってしまうと、周囲の空気が音をたてて引いていくのに気付くこととなるでしょう。

少女玉をアピールすることが媚態《びたい》となり得るのは、二十代前半まで。それ以降は、フリルの洋服を着たり、お下げ髪にしたり、何にでも恐がってみたりしても、

「いくつになっても少女っぽさを失わない人って、素敵」

とは、あまり言ってもらえない。二十代後半以降は、少女玉は自分だけでそっと飼育するか、同好の士の間だけで見せ合いっこするか、はたまたもし一般人に見せる場合は、自虐のネタとして使用する覚悟を持っていた方が、いいのです。

これから私は、老女になります。少女時代はベースが少女だった分、老女玉の存在が浮き立って違和感があったわけですが、これからはかなり、持ち前の老女玉の大きさを生かしてしっくりとした気持ちで生きることができるのではないかと期待しているのです。

実は少女と老女というのは、かなり似た存在でもあるのです。

まず、可愛らしくあらねばならぬ、という点において。この世の中には、生産活動に役立たない者はせめて可愛らしくしていろ、という無言の圧力があります。少女は可愛らしい容姿や無邪気な態度を見せることによって、社会に物理的な貢献は何らせずとも、生きていくことが許される。

老女に関しても、同じことが言えます。非生産的な生き物である老女は、不満や猜疑《さいぎ》心や性欲や物欲を持っていてはならない。畳にチョコンと座り、文句を言わずにいつも微笑み、食べるのは少量の草みたいなもので、さらに言えば虫のようにコロッと死ぬ「可愛いおばあちゃん」でなければ、生存は許されないのです。

可愛らしさを常に要求されつつ、その陰に意地悪さを隠し持つことが許されるのも、少女と老女の共通点でしょう。少女というのは、持って生まれた意地悪さをナマのまま振回すことを躊躇《ちゅうちょ》しません。少女達にとってイジメなどは、本能の発露とでも言うべき行為なのです。

物の道理がわかってくるようになり、また異性に好かれたいとか和を乱したくないといった大人の思惑が生まれるようになると、そのむき出しの意地悪さは薄れてくるように見えます。意地悪って、何のこと？……という顔で、元少女は大人時代を過ごすことになるのです。

が、老女になってしまえば、もう恐いものはありません。封印されていた意地悪魂は再び解き放たれ、まるでカメの中に眠っていた古酒のようにまろやかで熟成された意地悪を、嫁だのご近所だのに向けることになる。

可愛らしさと、意地悪さ。両者は相反する存在のように思えますが、実はとても相性が良いのです。むしろ、可愛らしさがあるから意地悪さは輝き、意地悪さがあるから可愛らしさは引き立つ、というものではないか。

分別盛りと言われる年齢の今、私は可愛らしさも意地悪さも、全開にできないもどかしさを抱えています。可愛らしさを出そうとすると卒塔婆《そとば》小町呼ばわりされるし、意地悪さを出せば洒落《しゃれ》にならないくらい恐くなってしまう。可愛らしさや意地悪さが腹に溜《た》まってきたら、

「えっ、全然意識してないけど出ちゃってました?」

といった顔で〝はからずも〟感を演出しつつ、計算し尽くしたタイミングで小出しにしなくてはなりません。

だから私は、老女になるのが少し楽しみなのです。老女になったら、世間から求められるままに「可愛いおばあちゃん」の素振りを見せることができる。同時に、ものすごい意地悪なことをたまにしても、

「まぁ、おばあさんだからしょうがないか……」

と言ってもらえる。

男性達はよく、

「歳をとったら、ヒヒ爺《じじ》いになりたい」

と言うものです。やはり、〃いい大人〃のうちは炸裂《さくれつ》させることができない様々な欲望を、老人になった時に解放したいという欲求は、男女を問わず人は持っているものなのでしょう。

自分の中の、少女玉と老女玉。私も、「その時」が来るまで、二つの玉をじっくり愛《め》で育み、熟成させたいものだと、思っております。

旅と旅行

旅と旅行は違うものだと、よく言います。

旅は格好いい感じだけれど、旅行は格好よくない感じ。旅は自分頼りだけれど、旅行は他人任せ。旅は知的で、旅行は痴的。旅人は選ばれし者で、旅行者は一般人。……そんなイメージがあるわけです。

旅人はしばしば、

「駄目だなぁ、旅行なんかしてるようじゃ。旅をしなさい旅を」

と、旅行者を卑下します。スローフードはそりゃあ立派だけどペヤングもたまに食べるとすっごく美味《おい》しいぜ……と思うタイプの私は、旅に憧《あこが》れはするものの旅行も悪くないぜ……と思うタイプなのであって、その手の旅人の言い草を聞くと

「他人のことは放っておいて一人で勝手に旅してろや」

と思うわけです。

が、もちろん私も〝あら、私ったらもしかして素敵な旅人？〟などと自己陶酔している旅の途中においては、団体旅行ばかりするような人を馬鹿にしたくなる。

「ペヤングばっかり食べてる生活も可哀相よねぇ」

と。

「旅」と「旅行」。この二つの単語の関係は、「性」と「性交」の関係と似ているような気が私はします。

私達が持つ「旅」に対する思いも「性」に対する思いも、人間本来の根源的欲求というか、消し得ない魂というか、その手のものでありましょう。〝どこか、今いるここ以外の場所へ行きたい〟という理由なき衝動そのものを、そして〝子孫を繁栄させたい、いやさせなくてはならない〟という身をつき動かすような思いそのものを、「旅」や「性」はそれぞれ表している。その精神には何ら濁りが無いからこそ、「旅」も「性」も、単体で見ると崇高な感じすら漂わせる文字なのです。

しかしそれに「行」なり「交」なりといった文字をつけて、具体的な行動を示す単語になると、印象は変わります。「旅」と「性」に比べると、「旅行」も「性交」もグッとゲスっぽい感じの単語。精神がいくら崇高でも、実際の行動はえてして精神通りにはならないのですよ、ということを「行」や「交」の文字は示すのです。

旅行や性交は一人では成り立たず、必ず他者が関わってくるものであることも、ゲスっぽさが滲《にじ》み出てくる一因でしょう。

一人でする旅行為は「一人旅」と言い、「一人旅行」とは言いません。対して複数人数での旅行為は、「団体旅」とか「修学旅」とか「新婚旅」とは言わないように、「旅」ではなくて「旅行」になる。同じように、性交は一人で行なうものではなく、二人もしくはそれ以上が関わる行為に対して使用される言葉なのです。

旅は格好良くて旅行は格好良くない、と冒頭に記したわけですが、性は格好いいけど性交は別に格好良くない、と言うこともできるでしょう。たとえば瀬戸内寂聴さんなり石原慎太郎さんなり、まぁ誰でもいいけれど有名な人が雑誌において性に関するインタビューを受けたとします。その時のタイトルが、

「瀬戸内寂聴、性について語る」

の場合は、示唆あふれる深い内容のような印象を与えますが、

「瀬戸内寂聴、性交について語る」

だとしたら、ある種特殊な興味がムラムラと湧いてくることは確かだけれど、山手線の中で広げては読めないなぁ、という気持ちになるに違いない。格好いい有名人や尊敬すべき知識人は旅について語るけれど旅行については語らないのと同じように、彼等は性については語るけれど、性交については語らないのです。

有名人達が語る「旅」や「性」を目にして私達は、〝さすが有名人は違うなぁ、旅行だの性交だのってダサいことはしてないんだなぁ〟と感心し、その神髄を一瞬、知ったような気になります。そして〝そうね、やっぱり旅にしても性にしても、結局は自己の内面を

見つめることにつながるのよね……。よし、私も旅に出るとするか〃などと殊勝にも思ってみる。

が、しかし。次の日になって、

「ねぇねぇ、ハワイ行かない？」

などと女友達から電話がかかってくれば、私は即座に、

「行く行くー！」

と答えてしまうのです。さらには、

「やっぱり、ハワイと言えば馬鹿ハワイ（なーんにも考えず、ひたすら馬鹿みたいにしてハワイで過ごすの意）だよね！」

と、三十歳を過ぎても「JJハワイブック」など購入し、日本からエステの予約など入れてみる（ハワイ到着後ではもう予約が取れないかもしれないからです）。

馬鹿ハワイなので、何ら生産的なことをするわけではありません。かといってブランド物ショッピングに力を入れたり、ゴルフやダイビングといったアクティビティに精を出すわけでもない。ブランド物ショッピングもダイビングもバナナボートも、強い意志と欲望と行動力とがなければできないことであり、私には既に、その手のマタギ的な行動をする体力も精神力もない。

「日焼けしたくないしねぇ」

「海に入るのも面倒」

　ということで、水着すら一回も着ない。

「暇だわねぇ……」

　などと言いつつ、コンドミニアムのベランダにおいてあるテーブルでひたすら神経衰弱などして（二人でできるカードゲームは少ない）、時間を潰《つぶ》しているのです。

　……と、そこに一陣の風。ABCストアで買ったアロハシャツ柄のトランプが、一枚ふわりとその風に乗って飛んでいきます。そして、

「あ、飛んでっちゃった」

　と、ノロノロ立ち上がってカードを拾いに行く途中、ふと思うのです。

〝私、何やってるんだろう……〟

　と。

　ハワイの明るい日差しに照らされつつ、またこれ以上ないくらい乾いた気持ちの良い空気に包まれつつ覚える、一瞬の虚無。周囲がキラキラと眩《まぶ》しく輝くハワイであるからこそ、その虚無という穴から覗《のぞ》き込む暗やみは深く、山頭火もかくやの気分になります。そして次の瞬間、〝チッ、何も考えない旅行のはずだったのに、旅気分に一瞬なってしまった〟と、ほぞをかむ。

「人生は旅のようなものだ」とよく言いますが、「人生は旅行のようなものだ」とは言い

ません。つまり普通の人生とは、ただ生きているだけで、自己の内面と向き合ったり自分で責任とったり孤独に耐えたりしなくてはならない、大変なものなのだということなのです、たぶん。

だからこそ人は、「旅行」へ行くのでしょう。普段の人生が「旅」なのだとすれば、休暇がとれた時くらいは「旅行」をしたいというのが人情というものだろう。

「家から離れた時くらい、人生だの生き方だのって考えなくてもいいでしょうよ。宴会場でカラオケ唄《うた》わせろ！」

という気分も、ごもっとも。

間違っても「旅」気分など感じないようにするために、人々は旅行中のスケジュールをあえて密に組むのです。賑《にぎ》やかな観光地で感じる虚《むな》しさや、団体旅行中に気付く孤独ほど恐ろしいものはないから、何も考えないでいいように、旅行者は観光行動に没頭する。

旅行を軽蔑《けいべつ》する旅人は、そう思うと案外幸せな人なのでしょう。彼等は、普段の生活で「旅」を感じずに済んでいるか、もしくは旅自体を生活にしているため、「普段の生活」などというつらいものを経験しないでいいのです。もちろん、普段から「人生って、旅のようだ」と思いながらも、旅行ではなく旅をする人もいるでしょうが、世の中には苦しいほど快感を覚えるマゾっていう人達がいるので、まぁその人達には勝手に思う存分苦しんでもらうとして。

ハワイの風でトランプが飛んだ瞬間に、図らずも「旅」な気分を味わってしまった私。やはり、

「人生って、旅ですよね」

と言い切ることができるような立派な人生を送っていないからこそ、旅行をしている時にも旅的気分が混ざってくるのでしょう。反対に、格好良く旅をしようと思う時には、旅行気分が介入してくる。

トランプを拾ってきた私が、暗ーい旅的気分をふりきるかのように言ったこと。それは、

「今日の夜は、馬鹿チーズバーガー（馬鹿みたいに大きくて、尋常じゃない量のフレンチフライが添えられている、いかにもアメリカっぽくてアメリカに行った時はやはり一回は食べておかなくちゃあ、という気にさせる高カロリーのチーズバーガー）食べるわよっ」

だったのでした。生真面目に郷土料理など食べるのでなく、ヤケクソ気味に馬鹿チーズバーガーを食べることによってこそ、旅行に耐えうる体力は養われる、ということを信じて。

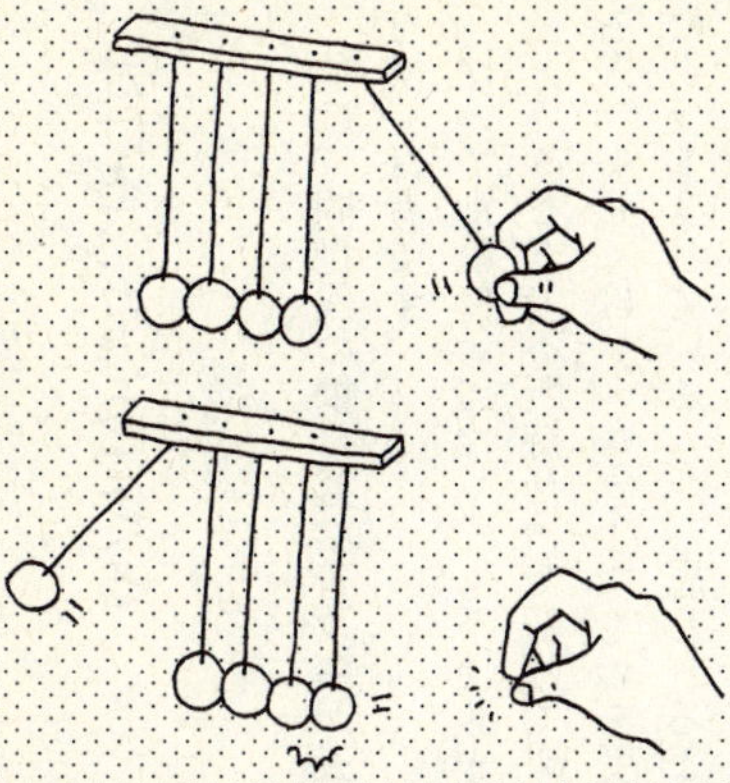

わかれたつもりが

かける、かかってくる

私は、同世代の携帯電話普及率が五十パーセントをとうに超えてからやっと、携帯電話を持った者です。

「だって別に持ってなくても不便じゃないしー」

ということで不所持だったわけですが、携帯電話を持っていないと、次第に「変わってる人」もしくは「メジャーなものを受け入れないことが格好いいと思い込んでそんな自分にウットリしている人」と思われるようになってきた。

「持ってない人が一人いるとさ、本人はよくっても周りが迷惑するんだよねー」

と言う友達もおり、私は携帯電話を購入することにしたのです。

携帯電話所持前と後で違ったことといえば、「電話をかけること」に感じていた面倒臭さが減ったこと、及び「電話がかかってくること」に対する面倒臭い思いが増えたことでしょう。

その昔、外で電話をかける時は、公衆電話を探し、手帳を取り出して電話番号を調べ、コインかカードを出してプッシュボタンを押す（もっと昔は「ダイヤルを回す」）という

手順が必要でした。が、今は携帯を取り出して親指を少しだけ動かせばいいだけ。ああ、会社員時代に携帯電話を持っていれば、

「後で電話しますぅ」

などと仕事相手に言いながら、つい面倒臭くて忘れたフリをする、などという事態も減っていたであろうに。

同時に私は、「我が青春時代に携帯電話というものが存在しなくてよかった」とも思う者です。携帯電話がある青春というのは、人気者とそうでない人との差があまりに明白になって、実に残酷な日々が続くのではないかと思うから。

自分の高校時代を思い出してみても、学校に行って友達としゃべる時、「昨日の晩、誰から電話がかかってきたか」という話題がよく出たものです。

「○○君から電話がかかってきてしゃべってたら××君からキャッチが入ったから、○○君には『親に電話が入った』とかウソついて切っちゃった」

などと話す友達は、いかにも人気者という感じがしました。人気者ではなかった私としては、〝いいなぁA子ちゃん、モテモテで〟と羨《うらや》ましかったものです。電話がかかってくる量、及びかけてくる相手の質は、高校生にとっては青春を楽しんでいるかどうかのバロメーターだったのでした。

が、後から○○君や××君と話していると、

「昨日A子から電話がかかってきてさぁ」

「えっ、うちもかかってきた」

などという話が出たりする。つまりA子ちゃんは、自分で男の子達に電話をかけていながら、女友達には男の子からじゃんじゃん電話がかかってくるフリをしていたわけです。私としては、〝A子ちゃんも、大変なのね……〟と、常に人気者としての体面を保たねばならないA子ちゃんに、スターの悲哀のようなものを感じたのでした。

若者にとって、電話を「かける」ことと「かかってくる」ことの意味合いは、大きく異なります。かかってくることが多い人は、多くの人から求められる人。それだけ価値も高いとされる。

今は、その「どれだけ電話がかかってくるか」が、オープンになってしまう時代です。友達同士でいても、携帯がしょっちゅう鳴る人と、鳴らない人の差は明白。女友達二人でいるのに、一人が携帯で恋人としゃべりまくっている間にボーッとしていなければならないもう片方(恋人ナシ)の悲しさよ。

カップルでいても、相手の電話がよく鳴るのは気になることでしょう。誰から電話がかかってきたかを一瞥《いちべつ》して出るか出ないかを決める相手を前に、

「ねぇねぇ、誰から?」

と聞かずにはいられない恋愛はしんどそうです。いけないとは知りつつも、恋人の携帯

メイルチェックに走ってしまう若者達の気分も、わからぬではない。

電話がいっぱいかかってくる方が偉い、みたいな風潮は、社会人になってからもしばらく続きます。若い社会人というのは時に、忙しいことイコール有能なこと、と思いがちなもの。

「携帯がつながらないってみんなから怒られちゃってさぁ」

と言うことに充足を覚える感覚というのは、若い時代特有の病気のようなものでありましょう。

若い一時期、携帯に電話がじゃんじゃんかかってくるような生活をするのも、世界を広げるという意味では良いのかもしれません。が、すっかり大人になっているのに携帯に電話がじゃんじゃんかかってくるというのは、あまり格好良くないものです。と言うよりちょっと馬鹿みたいなのです。

それが仕事の電話である場合は、いまだに木ッ葉仕事から開放されていない無能な人、という感じも漂う。たとえば新幹線のデッキで、首から下げた携帯でいつまでも仕事の話をしている人のように。

大人の場合は、

「別に誰からもかかってこないからさぁ、携帯なんてこっちからかける時に使うだけ」

くらいの鷹揚な態度がちょうどいいのでしょう。着メロが鳴った途端《とたん》、必死の形相でカバンの奥の携帯を探す大人というのは、まるで天から下りている蜘蛛《くも》の糸に懸命にすがりつこうとする罪人のようで、美しくないものです。

昔も今も、私の電話はあまり鳴らないわけですが、昔の方が電話のベルに対する渇望感は切実でした。若者時代は、〃ああ、誰かから電話がかかってこないものか。そして私を、めくるめくような素敵な世界へと連れ出してくれないだろうか〃と思いながら、ピクリともしない電話機を眺めていた。

今も、そんなスケベ心は多少なりとも残っているのです。が、携帯電話を所持するようになってから、電話がかかってくることに、多少の恐怖心が伴うようになってきました。妙なタイミングで妙な電話がかかってきてしまった時のイヤーな感じというのは、妙な人から妙な愛され方をしてしまった時のイヤーな感じに似る。

世の中には女性向け恋愛ハウツー本が実にたくさんあるわけですが、それらはざっくり二つの傾向に分けることができるかと思います。一つは「ルールズ」に代表されるような、「男性を追うより、男性から追われる側になっていた方が絶対に得。そのためには情より頭で考えて行動することが大切」という主張を持つもの。もう一つは、最近の日本の恋愛本に多い「愛されるより愛せる人になろうよ！」みたいなことを主張するもの。

後者の場合、恋愛と言うより、ほとんど宗教的な愛の土俵まで話を持っていって「愛を与えることができる人の方が、愛を受けるだけの人より、人として素晴らしいのです」と説いているわけです。確かにごもっともな話なのですが、それは「男女間の愛に不自由してきた人に対する慰めの言葉」と聞こえないこともない。「ルールズ」的成功を収めている女性から見たら、

「貧乏くせぇ！　ヘソが茶を沸かすぜ！」

と鼻で笑われるような理論であるとも言うことができます。

「電話をかける」ということは、大仰に言うと「あなたのことを想っている」ということを相手に知らしめる行為です。つまり電話を受けるということは、人からの想いを受けるということでもあるのです。

そうなると「ルールズ」の主張は、

「自分から電話などせず、相手からかかってくるように仕向けなくてはいけない」

というものになる。対して「愛されるより愛する」系恋愛本の主張は、

「電話がかかってくるのを待つのではなく、自分からかけましょう」

というものになるのです。

携帯電話を持つようになって、電話をかけることに積極的になった私。ではそんな私は「自分から愛することができる人」になることができたのかと言うと、全くそんなことは無いのでした。

電話がかかってくることに価値を見出《みい》だしていた昔は、人と別れる時、

「じゃあ、また電話する！」

と相手から言われることが嬉《うれ》しかったのです。しかし最近は、

「じゃあ、また電話する！」

とこちらから言うようになっている。それは、私が「愛を与えよう」と思っているからではなく、〝この人って「また電話する」とか言いながら絶対にしないタイプの人間だよね〟と思ってイライラしたり、いつかかってくるかわからぬ電話を待ったり、思わぬ時に電話がかかってきてドギマギしたりするのは面倒臭いなぁ、だとしたらこちらの都合の良い時にこちらからかけた方がずっといいなぁ、という思考によるもの。つまり、「主導権はこちらが持っていたい」という気持ちによる発言以外の何物でもない。

そりゃあ愛するより愛される方がラクだよね……という子供らしい欲求を持ちつつも、主導権は握っていたい。電話のベルが鳴った一瞬に私が覚える煩悩は、きっと一生消えないのだと思います。

馬鹿女と女馬鹿

馬鹿女、という言葉が、私はさほど嫌いではありません。何だかカラッとしていて明るくて、当の馬鹿女達は、

「この、馬鹿女！」

と罵倒《ばとう》されても、びくともしないようなイメージがある。対して馬鹿男というのは、あまり耳にしない言葉です。馬鹿な男は単に「馬鹿」とだけ言われているのです。

馬鹿な女が、「馬鹿」ではなく「馬鹿女」と言われる背景には、その馬鹿さの質の問題があると思います。ただ勉強ができないとか、物覚えが悪いといっただけでは、女は「馬鹿女」とは言われない。馬鹿質の内容が、その女性性に起因するものでないと、彼女は馬鹿女ではないのです。

過去をふりかえってみれば、たとえばジュリアナ東京のお立ち台で、超ミニのボディコンワンピースを着て、パンツが見えるのも厭《いと》わずに羽根の扇を持って踊りまくっていた人や、ガングロに超々ルーズソックスで渋谷《しぶや》を歩いていた女子高生、そして電車の中で平気

で化粧をしたり男性といちゃつく女性などが、馬鹿女と言われてきました。

つまり「目立ちたい」「魅力的に見られたい」という欲求を外側に対して強力にアピールしまくった結果、その欲望が奇形化かつ肥大化していき、そのうち元々の欲望がどんなものだったのかが本人にもよくわからなくなってきた人、というのが馬鹿女だったのです。

女がその女性性をアピールすることは、決して男性達も嫌ではないはず。それなのになぜ、彼等は彼女達を馬鹿女呼ばわりするのだ、とも思います。が、日本の男性というのは、女性性をアピールされることが本当は苦手な生きものなのです。誰も立ち入ったことがない谷間の野菊のようにひっそりと咲く女性性を自分が発見してそっと手折る……というストーリーにおいてとか、女性性のアピールであることを隠したアピールではないと、彼等は受け止めることができない。

「どうだ！」

「見て！」

といったアグレッシブなアピールや、自分の理解の範疇《はんちゆう》を超えた個性的なアピールを受けると、途端に萎《な》えてしまうのです。

そんなデリケートな日本男児達が「馬鹿女」と呼ぶのは、彼等が「手に負えない」と感じた女性達。友達と喧嘩《けんか》していて自分の劣勢を悟った子供が、

「なんだよバーカバーカ」

と、最後の手段としてヤケクソ気味に「馬鹿」を連発するように、彼等は女に負けそうだと思った時に、馬鹿女という単語を使用するのではないか。

馬鹿女と文字づらは似ていても明らかに非なるものとして、女馬鹿、という人達もこの世には存在すると私は思っています。

女馬鹿とは、「空手馬鹿」とか「釣り馬鹿」とか言うのと同じように、「自分は女である」という事実そのものに、とにかく夢中な人。

女性性が高いという意味では、女馬鹿も馬鹿女と同じではないか、と思われるかもしれませんが、それは違う。馬鹿女とは、女性性の量の多寡に拘《かかわ》らず、それを外側にアピールする人。彼女達は外に向けて女性性を放出しているために、その内側はあまりドロッとした女性っぽさを残していないことが多い。

対して女馬鹿というのは、女性性の量が非常に多く、かつそれを内側にため込み、自家発酵させるタイプの人のことを言うのです。彼女達は、女として生きることそのものを趣味、と言うよりはほとんど業務のように捉《とら》えています。昨今の日本人女性のメイクやエステ、整形といったものに対する興味は尋常でないものがありますが、その手の興味の主なる担い手が、女馬鹿の人達と言っていいでしょう。

ミリ単位の計算をしつつやすりをかけて、爪を整える。そのお金があったらグアムくらい行けそうな価格の美容液を、何の躊躇《ちゅうちょ》もなく買う。シワを消すために、コラーゲンの注入が良いのか、ボツリヌス菌が良いのかを熟考する。

……女馬鹿達のそれらの行為は一見、他人の視線を意識しているが故に行なっているこ とのように見えます。すなわち異性にきれいだと思われたいとか、保護者会で若いママだ と思われたい、とか。

もちろんその手の欲求も存在はするのでしょうが、彼女達をつき動かす最も大きな力は、しかし他者の視線ではなく、「自分を満足させたい」という欲求です。何種類も試した末にやっとたどりついた究極のマスカラを使用することによって睫毛《まつげ》がほんの何ミクロンか長く見えようと、ビューラー技術を駆使することによってその睫毛の角度が〇・一度変わろうと、端から見ている者は何も気付かないのです。が、天に向かって屹立《きつりつ》する長くて太くてかつ一本一本がバラバラになっている睫毛を確認することによって、睫毛の持ち主自身が、この上ない満足感を得ることができる。

それはほとんど職人気質と言ってもいいでしょう。化粧品にかけるお金は毎月膨大、エステや各種の美容法も一通り経験し、次はプチ整形……と意気込む女馬鹿の友人がいるのですが、彼女の佇《たたず》まいを見ていると、別にそれほど美容に精力を傾けている人だとは思えないのです。顔を見ても、ごく普通に化粧をしているだけの感じ。

「本当にそんなにお金かけてるわけぇ？」

と私が聞けば、彼女はフン、と鼻で笑って言いました。

「これ見よがしな化粧をしてるような人なんて、まだまだなのよ。私くらいになるとね、ちゃんと化粧をしているのだけれどそれを感じさせない、っていう域に達するわけ」

と。

それはまるで、「ちゃんとネタに仕事はしていても客にそうとは感じさせない寿司《すし》職人」とか「一見カジュアルに見える割にはものすごく高価な紬《つむぎ》を織る機織り職人」とか「舞を簡単そうにこなすために毎日筋トレを欠かさない歌舞伎《かぶき》役者」のよう。思わず、

「他人に感じさせない化粧って……、それで化粧してる意味があるのか？」

と聞きたくなるのですが、本人は至って満足顔。

「私は誰のために化粧をしているのでもない、自分のためにしているのだ！」

と、その求道者のような横顔が語る様子は、ほとんど男らしいとも言えるほどです。

女馬鹿達は、馬鹿女のように男性の腰を引けさせはしません。彼女達はものすごい露出度の服を着ているわけでもないし、濡《ぬ》れた唇を半開きにしているわけでもないし、電車の中で化粧もしない。日本男性も女馬鹿には手を出しやすいのです。

しかし男性達は、女馬鹿と付き合ったり結婚したりした後になって、しばしば後悔することになります。女馬鹿は何も、化粧や髪型においてのみ女性性を発揮しているわけではありません。彼女達は全ての面において、ものすごく濃厚に女、なのです。女性性を大っぴらに表に出してしまうと男性に引かれるのであえて隠す、というテクニックも、粘度の

高い女性性を持っているからこそ知り得たこと。

男性が網にかかったことを察知した途端《とたん》、女馬鹿は自らの女性モードを全開にします。そしてゆっくりとしかし確実に、女の理論という蜘蛛《くも》の糸で、男性をがんじ絡めにしていく。最終的には、女性性が発酵することによって発生する気体を吸い込んで、男性は次第に身動きがとれなくなる。女馬鹿ならではの、恐さです。

その点、馬鹿女は決して恐くありません。外見はわかりやすい女っぽさを打ち出していても、前述の通り内面はサッパリ系。だからこそ、「パンツなんか見えても別に平気だし」という意識が生まれてくるのだとも言えますが。

馬鹿女の派手な化粧や露出度の高い服装に「とって喰《く》われそう」と恐れをなす男性は、ごく自然に見える女馬鹿のメイクやファッションには、好感を持ちます。本当はそのメイクにどれだけお金と時間が費やされ、細かな計算が働いているかがわかるほど、彼等は賢くない。結果、彼等はまんまと女馬鹿に吸い寄せられ、本当にとって喰われてしまうのでした。

女馬鹿がなぜ女馬鹿になるのかと言えば、それは一種の欲求不満が原因のような気がするのです。女性性のアピールを素直に日本男性が受け止め、誉めそやしたり欲情したりすることができれば、女馬鹿達はこれほどまでに化粧品にお金を使わないことでしょう。しかし彼等にはそれができないから、有り余る女性性は行き場を失ってしまう。結局、女性達は自分の内部で女性性を愛《め》で、育て、肥大化させ、その爛熟《らんじゅく》ぶりを同性同士で評価をし合って楽しむしかないのです。

世の中の人々はいつの時代でも、目につきやすい馬鹿女の存在を嘆き、「世も末」などと言ってきました。が、馬鹿女の馬鹿さっぷりなど、本当は全然可愛いものなのです。この国にとってもっと大きな問題なのは、やり場の無い女性性を自らの中に大量にため込んで自家消費するしかない女馬鹿が大量発生するその背景、なのではないかと思うのですが……。

空腹と満腹

私は、空腹感が如実に態度に表れるたちです。仕事の打ち合せなどしていると、いつも相手に、

「酒井さん、お腹空いてきたんでしょ？」

と見抜かれる。

「ど、どうしてわかったのですか？」

と聞けば、

「だって、全く集中力が無くなってきたもの」

とのこと。

明らかに集中力に欠ける空腹の私をそのまま放置することもできずに、その人は私に食事を与え、さらに仕事を続けようとします。が、それもままならないのです。なぜなら私は、食事をして満腹になるときっと、眠くなる。欠伸《あくび》ばかりして、仕事どころではありません。

空腹でも満腹でも使いものにならない私は、一日のうちで稼働時間が非常に短いのが悩

みです。食事後の眠気が去って、次の空腹感が襲ってくるまでのわずかな時間に、仕事をこなさなくてはならない。ああ、どうして人間って、こうも頻繁にお腹が空くのかしら。

空腹感をあなどっていると、痛い目にあうものです。たとえばすごく空腹の人が、レストランに入る。何かの手違いで、その人が注文したものが出てくるのがすごく遅くなると、

「まだなんですか？　だいぶ前に注文したんですけどっ」

と、明らかにカリカリしてくる。それでも来ないと、

「もう、いいですっ」

と、店を出ていったりもしてしまう。

店を出てしまえば、全てのイラつきの元となっている空腹が満たされる時がさらに遠ざかってしまうのは間違いないのに、店を出ずにはいられない、その人。既に食事を終えている他の客達は、「アー、あの人、相当お腹が空いているのねぇ可哀相に」と、思うのです。

旅先においても、空腹が原因のトラブルが起こりやすいもの。見知らぬ土地で、何を食べていいのかわからない。名物は食べたいけれど、空腹で店を探している時に限って、名物の店はみつからない。

一人旅の時は、まだいいのです。空腹感も店がみつからないことも、全て自分の責任。別に名物を食べなくてもいいし……諦《あきら》めることも簡単にできる。

しかし誰かと一緒の旅の時は、空腹によって問題は悪化しがちです。たとえば大阪で、お好み焼きを食べようと思って街へ出たのに、なかなか店がみつからない、という時。

「あっちの方に、あるのかもしれない」

と行ってみても、やっぱりない。

次第に空腹感が募ってきて、お互いの声に険がかかってくる。内心では、

「おめぇがどうしてもお好み焼き食べたいなんて言うから」

「あんたが『あっちの方に、あるかもしれない』なんて言うから」

と互いに思っていたりするのですが、もちろんそんなことは口に出しません。

そんな時の空気感は、とてもデリケートです。「あっ、この人はお腹が空いているからイラついているのだな」と理解している上に、自分も同じ理由でイラついている。しかしお互いが大人であるからこそ、

「あなた今、お腹空いてイラついてるんでしょ？」

とは指摘できない。

そうこうしているうちに、やっとお好み焼きの店がみつかりました。

事態が決定的に悪くなる前に何とか解決策がみつかったということで、

「よかったよかった！」

と、互いに胸を撫《な》でおろす。

……ですが、店に入ってみると、そこは何と広島風お好み焼きの店ではありませんか。イラつきとあせりの余り、看板に書いてあった「広島風」という文字を、見落としてしまっていたのです。

「なんで大阪まで来て、広島風お好み焼きを食べにゃあならんのだ……」

と思うものの、もう後戻りはできない。

「オタフクソースってやっぱ、おいしいよね……」

などとつぶやきつつ、お好み焼きをつつくのでした。

空腹によるイラつきは、お腹がくちくなってしまえばとりあえずは解消します。が、イラついていた本人としては、それが恥ずかしくもある。

広島焼きであろうと何焼きであろうと、とりあえずお腹に入れてしまえば、ついさっきまで眉間《みけん》に寄っていたシワはなくなります。にこやかにすら、なってくるのです。そんな時に、

「さっきまであんなにイライラしてたのに、よくそうもコロッと変われるよね」

などと言わないのが、大人のルール。本人だって、「ああ、さっきあんなに声を荒げたのは大人気なかった」と、確実に反省しているのですから。

猫を飼っていると、普段はクールすぎるほどクールなくせに、空腹を満たそうとする時はあまりにも貪欲《どんよく》なので、驚くものです。さてご飯でもあげるか、と猫缶を取り出すと、

その音を聞きつけただけで猛ダッシュしてジャンプ一発、シンクの上へ。

「まだ缶を開けてないっつーの！」

と言ってもきかず、

「ニャーッ、ニャーッ、ニャーッ!!」

つまり、

「腹減った、腹減った、腹減った!!」

と叫び続けるのです。

猫缶の中身を皿に入れれば、入れた端からはんぐ、はんぐと音をさせて食べていく。それくらいの勢いで食べられると、エサやり冥利《みょうり》にも尽きる、というものですが。

猫は、しかし自分で「あ、満腹になった」と思うと、たとえ皿にあるものを食べ終っていなくとも、スイとその場を離れてしまうのです。数分前、人生の一大事といった勢いで、

「腹減った！」

と叫んでいたのに、ご飯皿から離れる時は、

「は？　私、生まれてから一度も空腹感なんて覚えたこと、ないですけど？」

という顔をしている。

関係ありませんが、猫というのはゲロを吐く時も同じですね。猫は割とよくゲロを吐く生きものですが、吐いた後、

「は？　ゲロって何ですか？」

みたいなものすごく澄ました顔で、その場から立ち去っていく。そんな猫をみていると、「臆面《おくめん》もなく、よくのうのうと……」

と思いつつも、少し羨ましくもなるのでした。

お腹が空いている時に「ああ、私ったら明らかにイライラしてるけどでもこのイラつきは相手に伝わらないように、食べ物のことなんてこれっぽっちも考えてませ〜んって顔をしていなければ、向こうに気を遣わせてしまうっ。でも今この瞬間の私の笑顔、明らかに作り笑顔だってバレているのではないかしらん」などと悶々《もんもん》とせず、

「あのー、お腹空きました。ええ、私は確かにお腹が空いてるんです。食事の時間だっていうのに食事が食べられないって、どういうことなのでしょうか。私の基本的人権って、考えていただけてるんでしょうか。あーっ、お腹が空いた、腹減った!!」

と、空腹時の猫のように、食べ物にありつくまでニャーニャー叫ぶことができたら、どんなに爽快《そうかい》でしょうか。

そして、「あれだけお腹空いたって騒いだからには、おいしそうにたくさん食べなくてはいけないしなぁ」と思うこともなく、

「これ、あんまり美味《おい》しくないけどとりあえずお腹はいっぱいになったんで、ごちそう様でした。じゃあ私は眠くなったんで、これにて失礼させていただきます」

とスタスタ寝床に歩いていけたら、気持ち良いだろう。

安い猫缶を半分残し、お気に入りの場所にバッタリ倒れ、少し毛づくろいをした後に、ウトウトする猫。ああ、猫になりたい……と、思う瞬間です。

湿気と乾燥

大学時代、クラブで水のスポーツをやっていた私は、つねづね思っていたものでした。
「濡《ぬ》らすのなんて、いつでもできる。難しいのは、乾かすことだ……」
と。

これはどういうことなのかというと。クラブ活動ばかりしていた大学在学中、とにかく私はいつも「濡れて」いたのです。川や湖に一日に何回となく浸《つ》かったり出たりする。髪も、タオルも、水着も、そしてウェットスーツも、乾く暇がなかった。あまりに湿度の高い生活をしていたので、ついには水着にカビがはえてきたほどであり、いつも蟹《かに》工船の船底にいるような気分であった。

就職活動時も、例外ではありませんでした。直前まで川で練習をしてから急いでリクルートスーツに着替えたために、髪がしとどに濡れたまま、まるで水からあがった半魚人のような様相で面接に臨んだこともありましたっけ。

これは体験した人でないとなかなか理解していただけないことだと思いますが、湿ったままの水着やウェットスーツを着るのは、実に嫌なものなのです。「うわぁ、つめたい。

気持ち悪い……」と思いつつ、じっとりと湿ったゴム製の拘束衣のようなものに袖《そで》を通す、その不快指数といったら。

水に浸せば濡らすことは一瞬でできますが、それを乾かすには時間がかかる。嗚呼《ああ》、いつか乾いた世界で生活したいものだ……と、濡れた水着の上にジャージを着て、川原で膝《ひざ》を抱えつつ私は思ったものです。カラカラに乾いていて、水分なんて一瞬のうちに蒸発してしまう砂漠の風景を、脳裏にイメージしつつ。

湿り気の問題は、私達の生活の快適度合いを大きく左右します。日本人がハワイ好きであるのも、青い海や空があるからばかりではありますまい。偏西風が運ぶサラリと乾いた空気がそこに満ちているからこそ、私達はつい何回も、ハワイに足を運んでしまう。飛行機を降りた瞬間からわかる軽い空気感は、湿り気列島の国民にとっては、この上なく贅沢《ぜいたく》なものなのです。

空気中のみならず、人間にも〝湿り気〟は存在します。人間の湿り気も、生活における快適度合いを、大きく左右するもの。

ここしばらくの流行《はや》りは、女性が「私は湿度の低い女なの」というフリをすることでしょう。なぜそんなフリをしなければならないのかというと、今は男子達が皆、乾いているから。

今の世の中において、たとえば太宰治のような、触ればその湿り気でズブズブと指が沈んでいきそうな湿度を持った男子は、もういません。昔であれば、湿り気をたっぷり持った男子同士が肩を組み、血ヘドを吐くまで深酒したり、血尿が出るまで働いたりしたことでしょう。が、今時の男子は、湿り気では食っていけないのです。彼等は皆、

「えーと、別にどうでもいいんですけどー僕」

という具合に、サラッと乾いている。

対して女子は、生きものとして生来の湿り気を抱えています。その上、男子が乾きつつある分、余計に女子の湿り気は増している。

湿り気というのは、たとえ蒸発しても、その水分がどこかに消えてしまうものではありません。蒸発した水蒸気は、空気中に漂ったり、お空で雲になったり、どこかで必ず生きている。

同じように、男子から蒸発した湿り気は、消えてしまわずにそのまま女子に移りました。男子が「恋愛とかってなー、面倒臭いしなー」とサラサラしている分、女子の内部では「恋愛できない人間は駄目人間」という湿り気がどんどん募ってきたのです。

それは、セックスに関しても同じです。環境ホルモンの影響かゲームのやりすぎか、男子達の性欲は減り、精子数も減少しているといいます。ところが女子は環境ホルモンの影響を受けにくいのか、なぜかその性欲は減っていない。むしろ、

「エロゲーやってればいいしなー」

と自己充足している男子にイラついて、女子達の性欲は、激しくかきたてられているくらいなのです。性欲という湿り気に乾いた空気をあてることができず悶々としてしまう女子を傍目《はため》に、湿り気の少なさそうな所ばかり選んで歩く男子。最近の若者の図式は、こんな感じなのでしょう。

たくさんの湿り気を抱えている女子ではありますが、その湿り気を男子に思い切りぶつけることはできません。乾いている男子は、

「あだじ、湿ってるの〜」

などと女子がつぶやこうものなら、

「重い」

とすぐさま、逃げてしまうから。彼等にとって女子の湿り気は、今や官能的なものでも何でもなく、ただうっとうしく、面倒臭いだけのものなのです。

だからこそ今の女子は、乾いたフリをしなくてはならないのでした。女子達は、

「私って、けっこう何でもすぐ忘れちゃう人なんですねー」

とか、

「男みたいだってよく言われるの。男の子達からも、女としては見られてないみたい」

と、自分でアピールしなくてはならない。

しかし、クレームブリュレのパリパリした部分は上部のみで、下にはとろーりとした濃

厚なクリームがあるように。また、焼き餃子《ギョーザ》がパリッとしているのも外側だけで、中にはにんにくの効いたあんがみっちり詰まっているように。女子達が乾いているのも、もちろん外側だけなのです。

加えて今は、女が女に好かれなければならない世の中でもあります。特定の男性に好かれ、良き夫さえ手に入れられれば人生幸せ、という時代ではもうありません。平均寿命も伸びた今、夫だけいても、長い余生をやり過ごすことはできないのです。

女が女に好かれるためには、やはり乾いた女であるフリが必須《ひっす》です。

「私ってファッションだってメイクだってナチュラルだし。男の前と女の前とで、態度が変わるような人間じゃあないのよ！」

と、「私はあなたの敵ではない」ということを同性に対して示すために、カラリとした演技が必要になってくる。

異性に対しても、そして同性に対しても、本来の湿り気を隠して、

「カラッとしてるんです私」

という顔をしなくてはならない現代女性。そのせいか、カラッとした表面を割ってみた時の内部のドロドロさ加減が、一段と増してきたような気もします。

それは、演技と本質のギャップの問題なのかもしれません。「男みたいって言われるの」ということを売りにしている女性が、実は彼の携帯メイルをぜーんぶ盗み読みするばかり

か、勝手に消去までしていたりする。それを知った彼は、彼女のカラッとした表面だけを信じてきた分、その粘性の高さにドギモを抜かれる。

　また、

「私は結婚なんてどうでもいいから、早くあなたには幸せになってほしいわー」

などとカラッと女友達に言っていた女性が、相手が玉の輿《こし》に乗ることになった途《と》端《たん》、

「あの子もけっこうなタマだから」

などと悪口雑言を言い始めたりすると、表面が乾いている分、余計に内部のドロドロの臭気が強く感じられる。

　もっと始末が悪いのは、乾いたフリをしているうちに、本当に自分が乾いた人間であると思い込んでしまった人でしょう。「私って男みたいな女なの。だから、やりたいことはやるわ！」と、自分の湿り気を自覚しないままに恋人の元彼女に無言電話をかけ続けたりする、その恐ろしさよ。

　カラッとしていなければならない、という強迫観念の反動として表れたのは、たとえば叶姉妹をはじめとする、全くカラッとしていなさそうな有名人達でしょう。彼女達は、美や金銭や快楽といったものに対する強い欲望を持っていることを隠さない。嫉妬《しっと》心や執着心も、強いであろう。

「ええ、私は女ですからジットリ湿ってますけど、それが何か？」

とても言いそうな、存在感です。

本当は湿っているのに、うまく世渡りするために湿気を隠さなければならない一般女性達が、「あんな風に開き直れたらいいなぁ」と憧《あこが》れる対象。それが、湿気系有名人なのです。反対に言うならば、今や湿り気は庶民には手の出せないものになっている。

では自分は……と考えてみると、私自身も、「外はパリッと、中はジューシー」（もちろん、肉体の話ではナイ）という、外側だけ乾いているフリをした餃子女でございます。やはり今の世の中において湿気を前面に出して生きていくというのは、大変な体力・気力が要ることなのです。湿気というのは「女っぽい感情」という意味でもあります。一応は男性の理論で動いてるこの社会において、湿気を振り撒《ま》くことは得策ではない。女性としての魅力が無尽蔵にあるか、有無を言わせぬ経済力があるか、もしくは「あの人は、変人」として見られる覚悟がない限り、自らの湿気を無防備に晒《さら》すのは、危険なプレイ。

では私のような餃子女は、自らの湿気をどう処理すればいいのか。……といえば、厳選された同類同士で湿気抜きをし合う、ということになるでしょう。直接的な利害は決して絡まず、この人であれば私の腹の内を理解してくれるであろうと思える同性の友人と、

「どう？　私の腹の中ってこんなにドロドロなの！」

「なにいってるの、私なんてもう発酵しかかってるし！」

と、腹をかっさばき合っての露悪合戦。思い切りその粘性を披露し合った後は、

「おぬしも悪人じゃのう……」

と再び乾いた皮で、湿った腹を隠す。

最近は、年齢とともに次第に乾きつつある自分も、感じるのです。とはいっても、ドロドロしたいやーな部分が乾いてきているのではなく、

「なんかー、世の中も人生も、もうどうでもいいやねー」

という、情熱とか意欲といった非常に重要なものが乾いてきている感じ。

大切なものは乾きつつあるのに、腹に溜《た》まったドロドロは、もちろんまだ健在。

「濡らすのなんて、いつでもできる。難しいのは、乾かすことだ……」

という学生時代の気持ちは、まだまだ私の中で生き続けているのでした。

見ることと見られること

私はかつて「自意識過剰！」という本を出したことすらある、筋金入りの自覚的自意識過剰者です。それは子供の頃からずっと続いている症状であり、死ぬまで治らないものであると覚悟しております。

自意識過剰とはどのような症状かといえば、

「私ってこう思われてるのではないかしら」

「あんな風に思われていたらどうしよう」

と、やけに気にしてしまう性質のこと。

それに対する最も効果的な対処法は、

「誰もあなたのことなんか気にしてませんって」

と誰かが一声かけてあげることなのですが、自意識過剰者というのは実はプライドが高いので、そんなことは恐くてとても言えるものではありません。

なぜ自分が自意識過剰者になってしまったのか、そのはっきりとした原因をつきとめることが私にはできないのですが、一つだけわかったことがあります。それは、「私って、誰かに見られてるのではないかしら」という自意識過剰的素養を持っている人というのは皆、「見る人」でもあるということ。

自意識過剰者達は、単なる「気にしぃ」ではないのです。繊細で几帳面《きちょうめん》な性格だから他人の視線が気になるのでは、決してない。自分が、他人の服装や性癖、趣味に弱点といったあらゆる箇所を見ずにはいられない性質を持っているからこそ、〝……ってことは、他人も当然、私のことをこんな風に見ているわけだよねぇ、あわわわわ〟となってしまうのです。

自意識過剰者とは、つまりむっつりスケベタイプと言うことができましょう。下品な人だとは思われたくないので、週刊誌のヌードグラビアのページは〝こういうものにはぜーんぜん興味ありませんし〟という表情で、読みとばす。しかし後から、実は他の誰よりも真剣に、穴のあくほどグラビアページを眺めるのが、自意識過剰者。

大人になる前は、誰もが自分のように、他人のことを「見て」いるのだろうと思っていたのです。だからこそ、〝こんなことを言ったらどう思われるか〟とか〝こんなことをしたら馬鹿だと思われるに違いない〟などと気にするあまり、私はムッツリ少女となっていた。

が、大人になるにつれ、〝他人のことを「見て」いる人ばかりではないのだ〟ということが、私にも次第にわかってきました。

「あの人ってさぁ、すっごくメガネのレンズが汚かったよね」

などと誰かに言っても、

「え、そうだった？　気がつかなかった」

という人は、実に多い。

また、ある女友達は言いました。

「女の子はさ、彼に会う前に一生懸命にムダ毛剃《そ》ったりしてるけど、私が思うにたいていの男の子は、女の子の腕の毛なんて、ぜーんぜん見てないのよ。つまり彼等は、することさえできればいいのであって、腕にちょっとやそっとの毛がはえていようと、別に気にならないの」

と豪語する彼女の腕には、なるほど少なからぬ量の毛が。だというのに彼女は確かに、モテているのです。

私も、そのことに少し気付いてはいました。本来であれば処理しておくべき毛を、つい処理し忘れたまま男性と何かしたとしても、相手に気付かれている様子はあまり、ない。本当は気付いているのに指摘しないだけなのかもしれないけれど、その後も付き合いが続いたところを見ると、剃り残しがあったからウンザリされたわけでも、ないらしい。

思いっきりお下劣な男性雑誌を読んでいた時も、「男性は女性のことをそんなに見ちゃあいないのだ」という意を、強くしたものです。その雑誌では、女性の勝負パンツについての特集がされており、男性・女性それぞれに、勝負パンツに関する意識調査が行なわれていました。

それによると、女性の九割がたは勝負パンツ、つまりは「これぞという男性と、もしかしたらパンツを見せ合って脱ぎ合うような状況になるかもしれない時にはいていく下着」を持っていると回答しているのです。

対して九割がたの男性は、その手の状況において、女性の勝負パンツという存在に気付いていない。女性が素敵なパンツをはいているから余計に情欲が高まるとか、その女性のことをさらに好きになるとか、その手の心理にならないばかりか、そもそも下着など目に入らないのだ、としてあるのです。

多くの女性達が、男性の視線を意識するが故に大枚をはたいて用意している勝負パンツは、ほとんどの男性は目の端に入れることすらしていない。よっぽどの量でなければ、色々なところの毛だって、はえていても大丈夫らしい。

これは、女性にとってはやる気を削がれるデータかもしれません。しかしたとえ見られていなくとも、見られていると思い込むということは、もしかすると生活にハリを与えるためには大切なのではないかと、最近は思うのです。

「どうせ見られてないんだしなー」

と、股上《またがみ》が十五センチもあるような、ベージュのおばパンツを勝負の時にはいていたら、どうでしょう。男性が、パンツを見ずに行為を済ませたとしても、女性の側のウットリした気分は、自《おの》ずと違ってくるはず。

新品の勝負パンツを用意した時は、「やることはやった」という自信があるために、事の前後にひたすら甘い気分に身を任せることができるのです。対して股上十五センチパンツでは、事の前には〝この人が、女のパンツとかをすごくじっくり観察するタイプの人だったらどうしよう〟と悩み、事の後も〝ホッ、気付かれなかったみたいでよかったぁ〟とか〝でも、もしかしたら気付いているのに気付いてないフリをしているだけなのか〟とか〝しかし脱いだ後のこのパンツって、浜辺に打ち上げられたクラゲみたいで色っぽくないことこの上ないわけだし、彼の目につかないようにしておかなくちゃあ〟と思いつつ片足でパンツをベッドの死角に押しやったりと、漫然としていられない。試合に勝って勝負に負けた、という状態になってしまうわけです。

勝負パンツが本当に人目にさらされるのは、男性との勝負の時ではなく、むしろ女性同士の勝負の時であると言えましょう。女性同士で旅行に行った時、友達があきらかに他人の視線を意識した、ラッピングペーパーのように可愛い下着を身につけているのに、自分だけが実用本位の武骨な下着だったりすると、女としてランクが下という感じがして、とてもみじめな気持ちになるものです。

また、立ち寄り湯がたまたまあったために、突然温泉に入ることになってしまった時も、

〝うっわー、私ったらこんなパンツだし〟と、下を向きつつ脱衣をすることがしばしば。女性が相手の時ほど、パンツは見られていると思わなくてはならないのです。

とはいえ歳を重ねる毎に、たとえ女同士で入浴する時であろうと、他人の視線がどうでもいいものに思われてくるという事実も、あるのでした。ティーンの頃は、他人の視線にいちいちドギマギしていたのに、今となってはすっかり視線にスレてしまった。歳をとるにつれて、他人から受ける視線の総量が次第に減少しているという事実も、ある。

今になって思うのは、自意識過剰者というのは、〝こんな風に思われていたらどうしよう〟と、自分が他者の目にどう映るかをいちいち気にして悩む人ではあるけれど、「見られたくない人」では決してないのだ、ということです。

自意識過剰者達は、自分が誰からも見られなくなってしまったら、すごく寂しがるに違いないのです。なぜなら「見る」ことが大好きな自意識過剰者にとって、視線というものは大の好物。むしろ「見られたい」という意識が強すぎるあまりに、見られることにドキドキしてしまうのではないか。「芋粥《いもがゆ》」の主人公が、芋粥が大好きなあまり、大量の芋粥を前にした途端、萎《な》えてしまうように。

思春期の頃は、どう見られるかということに全く無頓着《むとんちゃく》な人を見ると、とてもラクそうで羨《うらや》ましくなったものです。が、今となっては、自意識過剰という性質も、コントロールができるようになってきた。「見られているのかも」という時に緊張してムッツリするのでなく、その刺激を利用し、楽しみとするようになってきたのです。

中年以上の女性向きの雑誌を読んでいると、有名中年婦人のコメントとして、

「他人からの視線が私の美容液です！」

などと記してあることがあります。家の中にいるだけでなく、外に出て他者と接し、視線を浴びることによって私は若々しさを保っているのです、と言いたいのでしょう。

顔写真を見ると、そんなことを言っている割には別にどうということもない人だったりして、家の中にばかりいる主婦でももっときれいで若々しい人はいるよなぁ、視線を受けていようといまいとおばさんはおばさんだなぁ、などと思ったりもするのです。

しかし彼女にとっては「視線が私の美容液」と思い込むこと自体が、娯楽なのだと思う。本当に視線を受けていようといまいと、それできれいになっていようといまいと、「私は視線を受けているのだ」と信じ込むことが大切なのです。

「本当は見られていなくとも、見られているつもりで勝負に臨む」。考えてみればこれは、勝負パンツの理論とも非常によく似ています。女性にとって視線の縁というものは、やはりいくつになっても切ることはできないのだなぁと、私は思います。

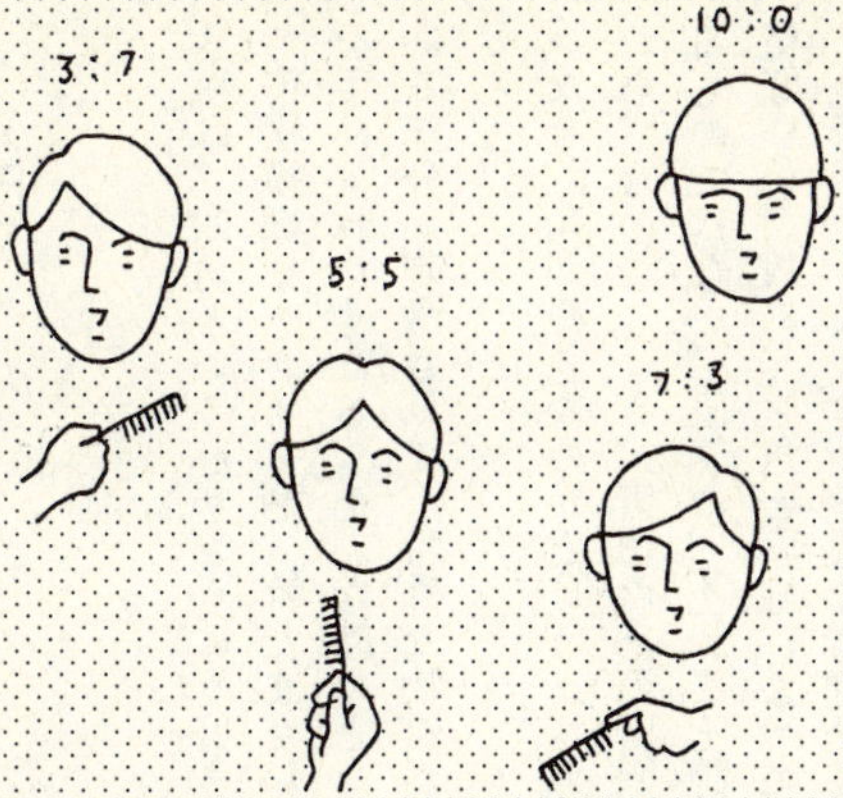

わけずにいられず

○と□

私は、四角という形がどうにも好きでたまらないのです。

市松模様やチェック柄、はたまた箱の類を見ると、胸がときめいて、とにかくその四角を手に入れたくなる。そんな時のときめき具合を考えると、四角を見た時、私の脳の中のある部分が刺激されて、特殊な物質が分泌されているのではないかという気がしてなりません。

なぜ四角が好きなのかというと、おそらくは直角及び直線というものに美しさを感じるから、なのでしょう。直角のあの緊張感のある佇《たたず》まいは、鋭角や鈍角、はたまた円に出せるものではない。直線の、それこそ愚直なほどにシャープなまっすぐさもまた、キリリと格好いい。故に、直角と直線によって構成されている四角という形は、男性がコカ・コーラの壜《びん》のような女体の形状に興奮を覚えるように、私にとっては魅力的なのです。

当然、紙が好きです。文房具店に行くと、レポート用紙に原稿用紙、封筒に便箋《びんせん》、請求書に領収書……と、様々な紙類が売られているわけですが、そのどれもが四角い。紙のコーナーは四角で埋め尽くされているのであって、誰の手垢《てあか》もついていない、紙の工場で裁断されたばかりの直角の数々を見ていると、その清々しさに陶然としてきます。

　紙が好きな性質は物心ついた頃から始まっていました。当然、子供の頃は折紙でよく遊んだものですが、正直言えば私は、折紙を折って遊ぶよりも〝なんてきれいな正方形なのだろう……〟とただ折紙を眺め、またその完璧《かんぺき》な四角っぷりを手にとって確かめている方が、幸せだった。

　ツルを折る手順の一番最初、つまり一つの直角と、その反対側の直角とをぴったりと合わせる瞬間は、確かに快感なのです。直角と直角はまさに同じ角度であって、しみじみとその九十度具合を味わうことができるから。

　しかしいったん折り目をつけてしまえば、折紙は四角ではなく直角二等辺三角になってしまうし、さらに折り進めば、かつて正方形であったことが嘘のようなツルの形に。それをほどけば再び正方形に戻るとはいうものの、美しい正方形だった紙はよれよれになり、直角のシャープさ加減は失われてしまうのです。

　昔、折紙をする時は、色とりどりの本当の折紙ではなく、広告チラシを正方形に切って使用していた私。その気持ちの裏には、単にもったいながり屋のケチという性質の他にも、〝折り紙の美しい正方形を乱してしまいたくない〟という気持ちも、あったのです。

　ここで誤解を避けるために言うならば、私は決して、「曲がったことが嫌い」とか「きちっとした性格」ではないのでした。むしろ性質は明らかにひね曲がっており、手のひらの感情線を見てみても、上へ下へと乱れまくり。自分に欠けているものだからこそ、直線や直角といったきちっとしたものに愛着を感じるのかもしれません。

四角好き、直角好きという性質は、紙以外の面にもあらわれます。

私は書道を習っているのですが、そのお稽古《けいこ》においても、かなを書くより、漢字を書く方が好き、それも、草書や行書ではなく、楷書《かいしょ》が好きなのです。あの、キッチリと立ったカドを書く瞬間、えも言われぬ快感を味わうことができるから。

机も、もちろん四角いものが好きです。丸い卓袱台《ちゃぶだい》がブームになった時期もありましたが、私は食指が動かなかった。麻雀《マージャン》はできない私ではありますが、形状としては雀卓のようなテーブルが、最も和みます。

ある人と、喫茶店に入った折りのこと。その店には四角いテーブルと丸いテーブルが置いてあり、一緒にいた人は丸いテーブルにつこうとしました。が、私はどうも丸いテーブルが嫌だったので、

「こっちにしましょう」

と、四角いテーブルに移動した。

するとその人は、

「丸いテーブルを嫌うというのは、他人に自分の気持ちに踏み込まれるのが嫌、という気持ちのあらわれなのではないか」

と、心理分析占いのようなことを言い出したのです。別にそんなんじゃなくって、単に四角が好きなだけなんだけど……とは一瞬思ったものの、よく考えてみると〝そうなのかも〟と思えてきた私。

丸いテーブルがなぜ嫌かといえば、〝自分の領域〟というものがはっきりしないから、なのです。だいたいこの辺りが自分の陣地だなと認識していても、その陣地は極めて曖昧《あいまい》なものであり、隣の人に簡単に侵犯される可能性がある。

そこへいくと四角いテーブルは、きっちりしています。正方形のテーブルに四人で座れば、一つの辺が一人分の陣地。カドを越えて隣の人がこちらの辺にやってくるということは、あり得ません。

ですから私は、直線に愛着を感じるとはいっても、カウンターにおける飲食は、あまり好きではないのです。カウンターもまた、自分の陣地がはっきりしているとはいえない飲食形態。あまり好きではない人と一緒にカウンターに座ると、好きではない人が座っていた側の肩だけがバリバリに凝るし、すごく好きな人と一緒であっても、どうも疲れてしまう。

……とすればやはり私は、自分の領域に他人が踏み込んでくるのが嫌、なのでしょう。他人と親しくしたい気持ちはあるが、ある一定の距離より近寄ってほしくはない。

その裏付けになるような気がするのが、皿の問題です。最近、洒落《しゃれ》たレストランではよく、四角い皿に載った料理が供されることがあるものです。そんなに四角が好きなのであれば、四角いテーブルで四角い皿に乗った料理を食べるのはさぞや満足だろう、と思われるかもしれません。

しかし私は、皿に関しては丸でいいのです。なぜなら、自分の前に出された丸い皿は私のためだけのものであり、全てが自分の〝陣地〟だから。その皿に他者が介入してくることはまずないわけで、四角いテーブルにさえつくことができれば、私は丸い皿で安心して食事をすることができるのです。

丸いテーブルに落ち着かなさを感じる自分を見ていると、人格形成上の不備というものを、つくづく感じざるを得ません。自分と他人の間に線を引かず、誰とでも仲良く融合し、私のものはあなたのもの、あなたのものは私のもの……という状態が、丸すなわち和なのでしょう。和を尊ぶ精神は、日本人の最も大切な部分であるとも言います。

だというのに自分は、丸に居心地の悪さを感じ、「それはそれ、これはこれ、ってことで」という冷たい雰囲気を匂わす四角を好む。なだらかで切れ目の無い曲線で構成される丸よりも、肌に当たれば痛みを感じるような、切り立った直角を愛すのです。

京都に行った時のこと。洛北《らくほく》は鷹峯《たかがみね》にある源光庵《げんこうあん》というお寺を、訪れました。この寺の本堂には、円い窓と四角い窓が並んで開いており、それぞれの窓を額縁のように見立てて、見事なお庭の景色を眺めることができます。

してその窓の名前は、円い窓が「悟りの窓」であるのに対して、四角い窓は「迷いの窓」。前者が禅と円通の心と、そして大宇宙とを表すのに対して、後者は、生病老死、四苦八苦を表し、人間の一生を象徴するのだそうです。

なるほど……！　と、私は深くうなずいたのでした。私が今まで円を何となく避け、四角を愛してきたのも、むべなるかな。大宇宙を表す円などというものは、私には立派すぎる。煩悩の大河に流され続けている人間であるからこそ、四角という形に対して、こんなにも親しみを感じるのです。

時は盛夏。うだるような京都の暑さでした。源光庵にはほとんど誰もおらず、聞こえるのは蟬の音のみ。私は悟りの窓と、迷いの窓の前に一人座って、しばらく窓からの景色を交互に眺めていました。

夏の光に照らされて濃い緑に輝く庭を、円く切り取る悟りの窓。その隣の迷いの窓は、微妙に異なる景色をキッチリと四角に切り取ります。背中にダラダラとつたう汗を感じながら二つの窓を見ていて思ったのは、〝ああ、悟りの方向に歩んでいかなくてはいけないのだな〟ということではもちろんなく、

「やっぱり私は……、四角が大好きだーっ！」

ということなのでした。

草木と石とで構成されるお庭には、直線などどこにも見当らないのですが、それをパッ

ツリと直線と直角とで切り抜いてしまう、迷いの窓。その窓からの眺めは、自分が四角という形から決して逃れることができないことを感じさせる。

帰り路《みち》。お寺から路上に出た途端《とたん》、アスファルトの照り返しに、ほとんど怒りに近い感情を、私は覚えました。

「あーもう一歩も歩く気にならない。なんでタクシーが通らないのだ、キーッ！」

とイラつく私の両肩は、煩悩で重すぎるくらいであった。一生自分は、四角い窓から外を見続けていくのだろうと改めて自覚しつつ、たらたらと続く坂道を下ったのでした。

スネ夫とジャイアン

「ドラえもん」の、のび太くんとその友達を見ていると、実に巧みなキャラクター設定がなされているなぁと、いつも思います。のび太（主役／弱虫）、ジャイアン（デブ）、スネ夫（ひねくれ者）、しずかちゃん（紅一点）。この設定は、他の様々な物語にも影響を及ぼしているのではないか。

特に、ジャイアンの存在は重要です。「様々な個性を持った子供達がそこにいる」ということを言わんとする時、たとえばアメリカのように様々な人種が存在する国においては、白人、黒人、黄色人種などを混ぜておけば、おのずと表現されることになっています。「セサミストリート」など見ると、そういった作りになっている。

ところが我が国には、黄色人種顔以外の顔をしている人は、あまりいないのです。出演する子供達の中に、外国人やハーフの子供達をかなり高比率で混ぜている子供番組もありますが、それはそれで無理矢理な感じがするし。

人種のるつぼではない我が国では、「様々な子供達がいる」ことを表現する時、性別および体型で変化をつけるしか手はありません。そこで必ずといって登場するのが、「デブ一点」、すなわちジャイアン型キャラクター。

複数の子供が出てくるストーリーにおいては、デブ一点キャラクターの存在は、欠かせません。「サザエさん」における花沢さん、「ズッコケ三人組」（ある種の子供にとっては「ハリー・ポッター」より人気の高い、児童文学のロングセラー）におけるモーちゃんなど、枚挙に暇がありません。

その性格は、ジャイアン的な「デブの暴れん坊」系、もしくは「大食いだけが取り柄であとは役に立たないデブ」かの、どちらかとなっています。ドリフにおける高木ブー、「水戸黄門」におけるうっかり八兵衛の存在が、後者の典型でしょう。子供じゃないけど。

デブ一点キャラは、物語の世界だけに存在するものではありません。現実の世界にもデブ一点役を担う人は必ずいるものであり、皆さんの周囲にも、典型的デブキャラの人が思い当るのではないでしょうか。

たとえば友達グループの中に一人、デブの人がいるとしましょう。その人はいつも、明るくて豪快でよく食べ、よく飲み、よく笑うということになっています。さらに「普段は豪快だけれど本当は心が優しい」人だったりすると、デブ一点としては完璧。多少乱暴な言動があっても、その人だから許されるという部分があるかもしれません。

いや、デブにも色々いる。私が知っているデブはもっと地味で陰湿だ……と言う方もいるでしょうが、私が今言いたいのは「集団の中におけるデブ一点キャラ」の問題です。暗いデブはおそらく、集団の中には入ってこないはず。仲良しグループの中に身を置くデブは、集団の中の自身の位置を確保するためなのか、ジャイアンキャラ、もしくはうっかり八兵衛キャラを踏襲しているのです。

これはテレビの影響も大きいのではないか、と私は思います。私達は「ドラえもん」その他のテレビ番組において、デブ一点キャラのステレオタイプな印象を刷り込まれている。そのせいでついつい、身近にいる肥満している人にも、デブ一点キャラ的なパーソナリティーを期待してしまう。

肥満している人も、その期待に応《こた》えようとしてしまうのです。よく食べ、よく飲み、

「夏はデブ受難の季節！」

などと言い放ち、豪快に笑う。そして悲しい映画を見た時には、人一倍、泣く。

私も、デブキャラを愛す者の一人です。甲子園を見ていると、三番とか四番に〝デブの強打者〟がいるチームがたまにありますが、あの手のデブの強打者が、私は大好き。デブの強打者は、走るのは遅いのですが豪快なホームランをかっ飛ばす。高校卒業後はプロの道に進むのですが、デブがたたってプロでは活躍できずに早期に引退。高校までしか通用しないという短い賞味期限もまた、デブの強打者愛好家にとってはたまらない魅力です。

私もおそらく、自分の周囲の肥満系の人々に対して、知らぬうちにデブキャラを期待するような言動をしているのだと思うのです。デブキャラを愛するからこその、その期待。

してはいけないと知りつつも、ついついそんな期待をしてしまう私は……。

……としてみると、私はもちろんスネ夫キャラなのでした。スネ夫キャラというのは、必ずしもスネ夫のように意地悪でズルいタイプとしてのみキャラクタライズされているわけではありません。作品によって、ガリ勉だったり、鼻持ちならない気取り屋だったり、お金持ちのお坊ちゃんだったりと、つまりは狡猾《こうかつ》で人間味が薄いタイプとして様々な描かれ方をするのが、スネ夫キャラ。

このスネ夫キャラも、物語には欠かせません。「巨人の星」の花形満もスネ夫キャラの亜流でしょうし、「ちびまる子ちゃん」の花輪君にしても然り。「西遊記」における沙悟浄（カッパ）も、そのクチでしょう。ひねくれ者のスネ夫キャラが存在することによって、主人公の人間性は引き立ち、「乱暴そうに見えても本当は気弱なところもあるデブ一点」の味わいも強まるのです。

実生活の上でも、スネ夫キャラはデブ一点と同様、どこにでも見られるキャラクターです。自分のことを考えてみても、決して主役を張れるタイプではない。太ってはいないし、決して明るい性格でもないので、デブ一点にもなれない。紅一点になるのはやぶさかでないけれど、なかなか紅一点になる機会はなく、その役割を求められてもいない。……ということで必然的に落ち着く居場所は、スネ夫キャラ。

他人の言質をとったり、小馬鹿にしたり。仕返しが恐いのでジャイアンキャラには歯向かわないけれど、「あっ、この人はいじめられても何も言わなそう、っていうか、いじめてあげるとかえって喜びそう」という空気を察知する能力は人一倍で、その手の相手には小意地悪をしかけまくる。

そのようにスネ夫的生活をしながら、やはり〝私は周囲の期待に応えてスネ夫キャラを演じているのではないか〟と思うことが、ふとあるのです。

本当は、主役キャラとか、主役に次ぐ人気者になり得るデブ一点キャラに憧《あこが》れている。ひたすら優しい天使みたいなキャラだって、好きだ。だけれど自分にはそれらのキャラを担うだけの素養はない。今までの言動から鑑《かんが》みても、唯一できるキャラクターはスネ夫だけだと周囲も思っているようだから、落ち着き先としてスネ夫を選んだ……のではないか、という気がしてくるわけです。

私はそして、デブ一点キャラの人も大変なのだろうなぁ、と思いを馳《は》せるのでした。今はデブ一点キャラを演じている人でも、本当は穏やかで小食なのかもしれない。いや、もしかしたらスネ夫のように意地悪で狡猾なのかもしれない。でも〝小食のデブっていうのも皆さんに申し訳ないような気もするし〟とか、〝デブで意地悪ってのもどうなのか。ただでさえデブって、「デブなのに本当は目だけ笑ってなくて恐い」とかあげ足をとられがちなのに〟と自らを律し、あえて、無理に太っ腹に見せている人もいるのではないか。

スネ夫やジャイアンは、いつもドラえもんが登場して問題を解決することによって、ギャフンと言わされます。が、スネ夫もジャイアンも、本当は「ギャフンと言ってあげている」というところがあるのではないでしょうか。真ん中にいる主役とかスターよりも、実はその横で主役を引き立てる人の方が大人だったりすることはよくあるものです。

スネ夫とジャイアンは、普段は決して仲がよいというわけでもないようです。が、ドラえもんをいいように使って、いつもめでたしめでたしで物語を終らせるのび太を横目で眺めつつ、二人で密かに共通する思いを分け合っているのではないかとも、最近は思うのです。

エスカレーターとエレベーター

エスカレーター評論家を自称するくらいエスカレーターが好きな、私。階段とエスカレーターが並列している時は必ずエスカレーターに乗るし、電車に乗る時は、ホームのエスカレーターのすぐ前で降りられるような車両に最初から乗るようにしております。

特に好きなのは、上りのエスカレーターです。引力に逆らって上昇していく、あの〝なんか、得してるって感じ〟が好き。膝《ひざ》の悪いご老人などは、本当は上りより下りのエスカレーターの方が有り難いのだそうですけれど、今のところは下りのエスカレーターに関しては、それほど切実な必要性を感じるには至っておりません。

世の中には、あまりエスカレーターを使用しない人も、いるものです。

「だってホラ、階段の方が健康にいいでしょう?」

とばかりに、モリモリと階段を上っていく。そんな人を見ると、〝この人って、自然食を食べたり、エコライフに気をつかったりしている立派な人なのだろうなぁ〟と思って、自分がふと恥ずかしくなるのです。

なぜ私は、エスカレーターを好むのか。というと、エスカレーターに乗っている時間は、何もしなくていいからなのです。

エスカレーターというのは、土地が不足しているが故に、垂直方向に乗り物や建物が複雑に重層化せざるを得ない都会特有の乗り物です。エスカレーターがたくさんあるような都心では、何か立派な目的を持った人達が、その目的に向かって迷いもなく歩いてる。

たとえばビジネス街の地下鉄の駅で私のような者が下車すると、周囲の人の歩くスピードがあまりに早いのでびっくりし、

「いや私は、別に火急の用があるってわけではなくて、待ち合わせをしてるといっても十分や二十分遅れたところで何がどうなるというわけでもなく、それどころか私が今いなくなったとしてもさほど困る人もいないだろうし、突然死しても一ヵ月くらいは誰も気付かないような気がするし……」

と茫然《ぼうぜん》としてしまうのです。

都心を歩く人は、誰もが皆、生産的な活動をしているように見える。それなのに自分は、なーんにもしていない。……そんな心の負い目を感じずに済むのが、エスカレーターに乗っている時間です。生産的なことをするには短かすぎるエスカレーター時間においては、誰もが同じように何もしていない。前に立っている人の尻《しり》を、ただひたすら眺めていても誰からも非難されない、合法的に虚脱できる場所が、エスカレーターなのです。

今、

「私の居場所はどこにもないの」

なんて言うのが流行《はや》っていますが、私にとってエスカレーターは、確実に私の居場所であると言うことができます。エスカレーターに乗っている時の、あの心地よい孤独感。エスカレーターの、決して人の選り好みをせずにただ黙々と人を運ぶその態度。そんなところが、私は好きなのです。

垂直方向に人を運ぶ機械としては、エレベーターというものもあります。が、もちろん私はエレベーターよりもエスカレーターの方が好き。ビルの三十五階に行かなくてはならない時はエレベーターを使用するものの、五階に行くのであればエスカレーターを使用したいのです。

エレベーターに乗っている間も、何も考えず、何もせずにいられるのだからエスカレーターと同じではないかという話もありましょうが、それは違います。個室であるエレベーターの中においては、一緒に乗っている他人との間に、必ず何らかの心理的接触が生まれます。〝あの男、ドアの脇に立ってるんだったら人が乗降する時に『開』ボタンくらい押してろよ〟とか、〝エレベーターの中で大声で話すってどういう神経なんだか〟とか〝エレベーターの中で他人と二人きりって、実に気詰まりだ〟といったことが頭をよぎるし、

「四階、押して下さい」

とか、

「降りまぁす」

などと言うのも面倒。

その点、エスカレーターはあくまで個人主義的な乗り物です。心理的・肉体的な接触を誰とも持たずに乗っていられるという部分においても、非常に都市的な乗り物と言えましょう。

もっと貧乏臭い理由も、あるのです。たとえばデパートにはエスカレーターとエレベーターが両方あって、エレベーターはたいてい混んでいる。すると、〃並んで待ってエレベーターに乗るよりも、エスカレーターの方が早いかもしれないし〃という気持ちになって、私はエスカレーターに乗ってしまう。「ラクして早く行こうとするより、地道にしかし確実に進んだ方が、結局は良いことがあるのだ」という、ウサギとカメ物語的信仰に基づいた考え方なのだと思いますが。

「ゆっくり堅実に進んだ方が良い。ギャンブルはするな」というウサギとカメ物語の教訓は、一面においては事実なのです。が、ウサギになりたくても決して夢は叶《かな》わず、年貢にあえぎつつ、地を這《は》うように田をたがやす人生しかなかった昔の日本人達を慰め、彼等に野望を抱かせないようにするために作られたお話、という気がしないでもない。

デパートの八階に行こうとしてエスカレーターに乗っていると、さすがの私も〃やっぱりエレベーターの方が早いような……〃という気分になってくるものです。さらには、エスカレーターに乗りつつも目は売場を眺めているものだから、デパート側の目論《もくろ》みにまんまとはまって途中で目についたものをつい買ってしまい、余計な時間とお金を使うこともしばしば。〝やっぱりウサギの方が得してるんじゃないかなぁ〟とそこで思う自分が嗚呼《ああ》、貧乏臭い。

今は、ネットを使用すれば、誰もがすぐに色々な情報を入手したり、販売元から商品を買えたりする時代です。また一方で、その手のデジタルでファーストな動きに対して、「でもそういうのも何だか味気ないですしね」ということで、〝自分で味噌《みそ》を作る〟的なアナログでスロウな動きも注目されているわけです。

エレベーターによる垂直方向への動きが、現在地と目的地を一直線につなぐという意味で前者っぽいとすれば、階段による上下移動は後者的と言うことができます。ではエスカレーターというのはどうなのかと考えてみると、それはどうにも曖昧《あいまい》な存在感なのでした。形状的には階段の仲間であるわけですが、電気で動く。その完璧《かんぺき》にスロウでもファーストでもない感じは、カレーで言うならば、スパイスを何種類も自分でミックスして作るカレーでもなければ、温めるだけで食べられるレトルトのカレーでもない感じ。缶詰のカレーに自分で炒めた肉を加えるといった、ささやかで中途半端な手作り感覚カレーの存在感に、エスカレーターは似ているのです。

しかしだからこそ私は、エスカレーターを愛します。デジタル社会の素早い動きにはついていけず、かといってアナログ主義の独特な臭みにもまた辟易《へきえき》する。エスカレーターくらいの曖昧な便利さが、私にはちょうど良いということなのでしょう。

ではご参考までに、私が個人的にお気に入りのエスカレーターベスト3をここでご紹介します。

・地下鉄表参道駅、B4出口のエスカレーター。殺風景なエスカレーターから地上に出れば、そこは青山。……という感じもいいし、地下深くにある駅から階段を使わずに出られるのが単純に嬉《うれ》しい。設置場所がわかりにくいのであまり人がおらず、青山の殷賑《いんしん》っぷりとは対照的な寂しい空気が漂っているのが好き。

・JR京都駅、在来線をつなぐ跨線橋《こせんきょう》から烏丸《からすま》口へと下りるエスカレーター。ホーム及び発着する電車とを見渡しながら下りてくると、ちょっとした旅情を感じ、山口百恵の歌声が脳裏をよぎる。

・井の頭線の渋谷駅とJRの渋谷駅をつなげる部分に設置されている、わずか十段ほどの短いエスカレーター。そんなに短くてもついエスカレーターに乗ってしまう自分が愛しい。「これくらいなら」と珍しく階段を上った時の達成感も、またよし。いずれにしても、自分の精神的弱さというものを実感できるエスカレーターである。

〈念のため注・これらは私以外の人にとっては別にどうってこともないであろう、何の変哲も無いエスカレーターですので、わざわざ乗りに行ったりしない方がいいことだけは、最後に申し添えておきます〉

ペンと鉛筆

私は今も、手帳というものを愛用しております。実業の世界でバリバリと働く皆さんは、細いペンのようなものでピッピッと押していくカッコイイ機械でスケジュール管理をなさっているようですが、私はあくまで、アナログな手帳。それも、皮のカバーは洒落《しゃれ》たヨーロッパ製ですが、中身は毎年、日本能率協会製。

会社員をしていた頃は、自分の手帳にスケジュールがびっしりと書き込まれていないと、格好悪いような気がしていたものでした。周囲は忙しい人だらけ。一日に何個ものスケジュールが入っていることは、有能な人気者であることの証拠だった。無能で人気がなかった私は、一日に一個しか予定が入っていないことが恥ずかしくて、必要以上に大きな文字でその予定を手帳に書き入れていたものです。

今ではすっかり厚顔となり、一週間に一個しか予定が入っていなくとも、

「あー、暇だわねぇ」

と思うのみ。さらに、

「手帳にいくつスケジュールが書いてあるかじゃなくって、スケジュールが書いていない

時間に何をしているかが、重要なのよね」

などとも、豪語してみる。

「スケジュールがいっぱいじゃないといけないんじゃないか」症候群は克服できた私ですが、しかし自分の手帳を見てみると、まだ何となく自信が無さ気だなぁ、と感じる部分があります。それは手帳に書き込む時の筆記具が、ペンではなくて鉛筆だ、ということ。

正確に言えば、私が手帳に何かを書く時に使用しているのは、鉛筆ではなくてシャープペンです。が、とにかく私は、消そうと思えば消しゴムで簡単に消すことができる筆記具を使用して、手帳にスケジュールを書き込んでいる。

手元にシャープペンが無いことも、たまにはあります。そんな時は、たとえそこにペンが置いてあったとしても、必死にシャープペンを探します。別にペンで書いても何ら支障は無いのですが、どうしても私はシャープペンで書きたいのです。

これは、

「自分のスケジュールを常に変更可能な状態にしておきたい」

という欲求の表れではないかと、私は思っています。

もっと素敵な人から誘われたら、そしてもっとめくるめくような経験ができそうな予定が入ったら、どうでもいいような予定はすっ飛ばしてしまおう。……そんな気持ちがあるから、私は消すことができる筆記具で、スケジュールを書くのではないか。

もちろんペンで書いたとしても、スケジュールの変更は可能なのです。

「一四：〇〇　墓参り」

と書いたところにグリグリと二本線を引き、もしくはホワイトを塗り、

「一四：〇〇　Aさんと銀座」

と記しても、何ら問題は無い。

しかし「墓参り」のところにグリグリと線を引いたりホワイトを塗ったりした跡というのは、いつまでも残ってしまいます。後からその部分を見た時に、〝ああ私は、「どうしても抜けられない仕事が入っちゃったから」などと家族に嘘をついて墓参りをぶっちぎり、Aさんと銀座でデートしたんだったっけか〟ということを思い出してしまうであろう。

シャープペンでスケジュールを書く度に、〝もっと素敵な出来事があればいいなぁ。っていうか、あるはずなんだけどなぁ〟という自分の卑しい欲望を見るような思いがする私。ペンで手帳に書き込む人を見ると、〝自分の未来をこんなに正々堂々とフィックスしてしまうことができるなんて、すごい人だ！〟と、畏敬《いけい》の念を抱くのです。

さらにオーバーに言ってしまえば、私は自分の人生に対して、常に〝これは嘘なのではないか？〟という感触を持ち続けているのでした。生活しているふとした瞬間に、〝この出来事って、劇とか映画のシーンじゃないのかなぁ。自分が実際に生きている一シーンだとは、まるで冗談のようだ！〟としばしば思う。一区切りついた時、

「はい、お疲れ様でしたぁ！」

と幕が降りて劇が終らないことが、とても不思議なのです。

手帳にペンで書かないという行為の裏には、そんな意識もあるのかもしれません。これは現実ではない、ような気がする……という不確定な感じを覚えているから、いつでも消してしまえる筆記具で、未来の予定を書いていく。劇がいつ終っても、困らないように。

鉛筆で書いておけば、過去もまた消すことが可能です。実際には、どんな恥ずかしい過去が手帳に書いてあっても、消しゴムで消してしまうことはないのだけれど、「イザとなれば消すことができる」と思っていると、何だか気が楽。

要するに私は、自分の過去に、自信がない。そして未来に関しても、いつでも逃げられるようにしておきたい。

マリッジ・ブルーとか、マタニティ・ブルーといった言葉があります。結婚も出産もしていない私ですが、何となくそのブルーな気持ちは、わかるような気がするのです。

結婚や出産というのは、一度決まってしまうと、よほどのことが無い限りその予定は覆らないものです。つまり、手帳に決して消えない太いペンで黒々と、

「結婚式」

とか、

「出産予定日」

と書いておくべきもの。

その「確実にやってきてしまう未来」というものが、人をブルーな気持ちにさせるのだと思うのです。〝私は自由。これから何が起こるかわからない！〟とそれまでは思うことが許されていた人生が、ほぼ確定的な予定によって、侵略される。〝この予定は消しゴムで消すことができないのか〟と思えばそりゃあ、ブルーにもなることでしょう。

人生というものはしかし、その手の「消しゴムで消せない予定」で埋めてナンボ、なのでしょう。予定を前にしてブルーになるかもしれないけれど、重圧に耐えて予定をこなせば、達成感や喜びが生まれる。そんな経験を通して、一人前の人間というものに、人は成長していくのでございましょうよ……。

最近、消しゴムで消すことができるペンが開発されたそうです。携帯電話の普及に伴って、待ち合わせの場所や時間なども、いつでも簡単に変更できるようになった。さらに言えば、昔であれば相当の覚悟が無いとできなかった「婚約破棄」とか「離婚」といった大規模な予定の変更も、今は割と気軽にできるようです。すなわちペンで書いた予定も、決して信用することはできないのが、今という時代。

電子予定表のようなものにおいては、予定が変わった時、ピッと消去してしまえば、前に書いておいた予定の痕跡《こんせき》は跡形もなくなるのでした。予定変更に伴う罪悪感、のようなものもそこには無かろう。

となると、ペンで手帳に予定を書くと未来が確定してしまいそうで何となく嫌だ、という私の気持ちは、実に古くさいものなのかもしれません。予定というものに面倒臭さを感じながらも、予定を信じたい気分も一方ではまだ持っている私。両者の間で逡巡《しゅんじゅん》するあいまいな感覚を象徴するものが、鉛筆なのであろうなぁと、自分の能率手帳を見ていると思います。

すみっこと真ん中

人はどうして、電車のロングシートにおいて、ああも端っこに座りたがるものなのでしょうか。

始発駅において、空っぽの車両の席が埋まっていくのは、いつも端っこから。また混んだ電車で端っこの人が席を立つと、その隣に座っていた人は、まるで飢えた動物が餌に飛び付くかのように、端っこの席に尻《しり》を滑らせる。端っこを他人に取られまいとするあまりのその素早い動きを見ていると、何だかとてもセコい感じがして、〝意地でも私は端っこに移動しない！〟と心に誓ってみるのです。

端っこがいい、という理由はもちろんわかります。両脇を他人に挟まれているより、人が片側にしかいない方が落ち着くであろうことは自明。また端っこ以外の席に座っていると、電車の混み具合によって、詰めようかしらとか詰めなくていいかしらとか気を遣う必要も出てきますが、端っこであればただそこに座っているだけでいい。

他の乗り物においても、端っこは魅力的な位置です。バスでも飛行機でも、窓際という名の端っこに座って景色を見るのは楽しいものであり、

「トイレとか行きやすいから通路側の方がいいわ」

などと思うようになったのは、純な心を忘れた大人になってからのことなのです。

一番前とか一番後ろの座席も、実にウキウキするものです。小学校の遠足において、ちょっとワルの子供達が一番後ろに陣取るのも、「端っこ」にいると、何か特別な力を得たような気分になるからなのでしょう。

端っことといえば、向田邦子さんのエッセイ「父の詫び状」の中で、「食べ物は端っこがおいしい」といったことが記された、その名も「海苔《のり》巻の端っこ」という篇があったことを思い出します。海苔巻きにしても伊達巻にしても羊羹《ようかん》にしても、お客さまには出せないような端っこの部分が食べられると嬉《うれ》しい……といった内容であったかと記憶しているのですが。

こと羊羹に関しては、ちょっと砂糖が固まってジャリッとしているような端っこは私はあまり好きじゃないなぁと思うのです。が、一番おいしいと思われている部分をあえておいしいとしないことによって、言外に粋《いき》を表現するというその手法に、〝巧いエッセイって、こういうものを言うのか！〟と思ったものでした。

端っこは、雑味があって純正ではない感じがするけれど、わくわくする。対して真ん中は、正々堂々とした感じはするけれど、何となく面白みがない。端っこと真ん中のザックリしたイメージ比較をすると、こんな感じなのでしょう。そしてどちらの方が自分にとってしっくり来るかを考えてみると、やはり端っこの方なのではないかと思える。

たとえば、大勢の飲み会に参加して、一次会が終って何となく店の外に溜《た》まっているという時、私は決して輪の中心にはいないのです。フェイドアウトしようと思えばいつでもできるような端っこの位置が、落ち着く。

社会の中の自分の位置を見てみても、私はどう考えても真ん中にはいないのでした。家庭を持って当然の年齢でいながら、結婚もせず子も生さず。では実業の世界でバリバリと仕事をして社会に貢献しているかといえばそれもせず、書かなくても誰も困らないようなエッセイを書いて糊口《ここう》をしのぐ。子育てや実業で忙しい同世代の友人知人を見ると、〝ああ、彼等は真ん中にいる人達なのだなぁ〟と、眩《まぶ》しいような気持ちになります。

が、しかし。社会の真ん中で自信を持って生きているように私からは見える人々も、本当は端っこに憧《あこが》れていて、できることなら端っこの席に座りたいと思っているのではないかと、最近は思うのです。

真ん中の人々は時に、

「いいなぁ……」

と、私の端っこぶりを羨《うらや》みます。

「何言ってるの、私なんかこんな端っこ人生で。何かあったらすぐ外側に押し出されちゃうような立ち位置なんだから」

と言えば、

「でも、自由でラクそう……」

と、彼等。

確かに、端っこ人生はリスクも大きいものの、自由でラク。

「じゃあ、真ん中に行きなさい」

と誰かに言われても、躊躇《ちゅうちょ》してしまうであろうことは間違いありません。

そして私は思うのです。社会の真ん中で生きているように見える人達も、自分で望んで真ん中へ行ったのではないのかもしれない、と。満員電車で、せめて端っこに立っていたいと思っていても、乗ってくる人にギュウギュウ押されて真ん中に行ってしまう人のように、彼等も仕方なく真ん中で生きているのではないか。自分は真ん中が大好きで、真ん中の方が居心地が良いと自信を持って言える人など、そういないのかもしれません。

真ん中には、真ん中ならではの快適さもあるとは思うのです。満員電車の真ん中に立ち、四方八方から押されると苦しいのですが、その苦しさがふと、愉悦に変わる瞬間がある。今、両足を床から離しても身体はそのまま浮いているだろうなぁと思えるほどの混雑の中では、自分のチャチな意志などどこかに吹っ飛び、おおいなる無責任感が伴う包容されてる感じ、のようなものが湧いてくるのです。

真ん中にいる人はまた、自分が真ん中にいるということをえてして自覚していないものです。たとえば高校時代、クラスという集団においても、また仲良しグループにおいても、端っこ的な位置を常に私は得ていました。人気者とか優等生といった、集団の真ん中にいる友人達を羨みつつも、どこかで〝自分の位置に安住しちゃってさ。つまんねー奴らだ〟と思っていた。

ところが、大人になった真ん中派の友人の話を聞いてみると、彼女達は自分達が真ん中にいたとは思っていなかったりするのです。それどころか、

「仲間外れになりたくなかったからみんなに話を合わせてはいたけど、いつも異端者意識があったわ」

などとつぶやいたりする。私から見ればバリバリ真ん中にいたように見えた人も、精神的には端っこだったと言うのです。同じように、私のことを真ん中派だったと思っている友人もいたりして、真ん中と端っこは紙一重、ということが理解できる。

最近は特に、端っこ意識を持つ人が増えてきているような気もします。恋人がいなかったりやりたいことがみつからなかったり貧乏だったりするだけで、

「誰も私のことをわかってくれない」

「私なんかどうせ」

と、人々は端っこに押し寄せてくる。

端っこにいると、一人前の人間とは見做《みな》されないことが多いわけですが、今の世の中に

おいて、一人前の人間になれないことに恥辱を感じる人間など、そうそういないのです。真ん中という位置にいると安定はしても責任が重くて大変そうだから、それよりも、

「私は端っこの人間なんで、難しいことはよくわかんないんですよ、アッハッハ」

と言っていられる方がラク……ということで、端っこ人気が高まっている。向田邦子さんが、食べ物の端っこはおいしいと書いた時は、「真ん中の方が素晴らしい」という意識が、日本人には当たり前のようにあったのだと思います。だからこそ、端っこ礼賛は新鮮に響いた。


しかし今、豊かにひねくれた私達は、真ん中を敬遠します。昔の小学生は、給食の食パンの白くて柔らかい部分だけを食べて先生に叱られたと言いますが、おいしいバゲットなどを食べて育った今時の小学生の中には、

「耳の方が歯応《はごた》えがあるし。真ん中は何だか柔らかいだけでおいしくない」

などとフランス人のようなことを言って、白い部分だけ残すクソガキもいるというではありませんか。


みんなが端っこを目指すため、やたらと外縁が大きくて中身は詰まってないという今の社会を見て私は思うのです。〝端っこって、そんなたくさんあるものではないのだけれどなぁ〟と。一本のロングシートに、端っこの席は二つ。一本の海苔巻きにも、端っこは二つ。端っこはそうたくさん用意されておらず、また端っこを選択すればそれなりのリスク

も負わなくてはならなかったはず。……なのだけれど、誰もが堂々と端っこを目指すことができる今の社会が実に平和であることだけはまあ、間違いないのでしょう。

わかれゆくもの

敬語とタメ口《ぐち》

いつだったか父親から、

「タメ口って、どういう意味？」

と聞かれたことがあります。

「えーと友達同士で話す時のしゃべり方っていうか、敬語じゃないしゃべり方っていうか……」

と私は答えつつ、〝そうかぁ、父親の時代には、タメ口を意味する単語って無かったのか。ではタメ口のことを一体何て言っていたのであろうか？〟と思った。

タメ口という単語は、私がタメ口か敬語かを人によって使い分けるようになった年頃、つまりは私が中学生くらいの頃には、既に若者の間ではよく使われていたのでした。同い歳のことをタメドシと言っていたし、京都ではいただきもののお返しのことを「おため」と言ったりするらしい。おそらくは関西弁に語源をもつ、対等の意を示す言葉なのではないかと思うのですが。

そんな中学時代、先生とタメ口で話すことができる友達のことが、私は少し羨《うらや》ましかったのでした。儒教の精神をたたき込まれたわけでもないのですが、祖母と同居していたせいか、長幼の序は守らんといかんのだ、と信じていた私。当然、先生には敬語。運動部に入れば、先輩に対してもバリバリ敬語。

ですから、

「せんせーい、宿題もっと少なくしてよーぅ」

などと言うことができる友達の姿は、異星人のように見えました。〝えっ、なんでこの人達は先生に対して平気でタメ口がきけるの？　その図太い神経はどこからきているわけ？〟と。

先生とタメ口で話をする人達というのは、あまりお勉強ができるタイプの人達ではなかったのでした。授業中におしゃべりをするとか忘れ物をしたといったことで、先生からよく怒られてもいた。

ですが先生達は、タメ口生徒と話している時の方が、敬語で話しかけてくる生徒と話す時より、どこか楽しそうな表情をしているのです。〝きっと私達が卒業した後で先生の印象にいつまでも残っているのは、私のような生徒のことではなく、タメ口生徒のことなのだろうなぁ〟と、私は思っていた。

では自分も先生にタメ口で話すことができるかといったら、それは絶対に無理だったのです。「今まで敬語で通してきた私が突然タメ口なんか使ったら」と思うと、想像するだけで赤面。

「せんせーい、よくわかんない」

と何の躊躇《ちゅうちょ》も無く口にする友達を、「フン、敬語の使い方も知らないなんて」「でもいいなぁ、親しげに話せて」という相反する思いを抱きつつ、頬づえをついて眺めているしかなかったのです。

大人になってからも、私は「気軽にタメ口がきける人」に、いつも羨ましさを感じていました。初対面の人と話す時でも、時間が経つにつれてだんだんタメ口になってくる人。偉い人とでも、タメ口で話せる人。……その人達は、一瞬「マナーがなってない」とか「馴《な》れ馴れしい」とか思われたりすることはあれど、人と親しくなるスピードは、敬語派の人間よりずっと早い。その上タメ口派の人々というのはおしなべて明るい性格で、「私は必ず皆に受け入れてもらえる」という確固たる自信のようなものを、元々持っているようなのです。

かく言う私も、明るいタメ口派の人からタメ口で話し掛けられると、何だか嬉《うれ》しく思うのでした。その手の人は誰にでもタメ口で話しているのだろうけれど、「おっ、もしかして私ってこの人から特別に親しみを抱かれているのかも?」と、思うことができる。いつまでも敬語で話している人よりは確実に親しみが増そうというもので、かつての先生達の気分もよくわかるのです。

あーあ、私も気軽にタメ口で話せるようになれたらなぁ。でもこれは教育のせいというか性格のせいというか、今さら直せないものだしなぁ。……と思っていたある日のこと。私の敬語観をつき崩す出来事がありました。

それは、とある年上の女友達と話していた時のこと。私はその友達と既に十年来の付き合いだったのだけれど、相手の方が五歳年上ということもあって、いつも敬語で話していました。するとその友達が食事をしながら、言ったのです。

「そうやってずっとあなたが私に対して敬語っていうことはさぁ……、なんか、いつも『自分の方には責任は無いんです』って言ってるみたいだよね」

と。

その時私は、かなりの衝撃を受けたのでした。なぜなら、その指摘があまりに図星だったから。

年上の人に対しては自動的に敬語を使ってた私。しかし相手を尊敬していたからそうしていたわけではなく、「敬語さえ使っておけば、文句は言われないだろう」とか「敬語さえ使っておけば、自分の方が年下であるということを常に相手に意識してもらうことができるから、面倒臭いことは相手が引き受けてくれるだろう」という責任回避の気分が、確実にあった。旅行の行き先も食事をする場所も、自分より年上の友人が決めてくれるもの、と依存しまくっていたのです。

彼女としては、長い付き合いなのに「私はあなたより年下なんです」と私がいちいちアピールするように敬語で話すことに、いい加減ウンザリしていたのでしょう。

「友達なんだからさー、タメ口でいいでしょうよ。そしてあなたももう大人なんだから、応分の責任を負いなさいよ」

と、言いたかったのだと思う。

相手が年上であっても、敬語を使用しない方が良い関係もあるということに、私はその時初めて気付いたのでした。以来、相手との関係を鑑《かんが》みつつ、年上ともタメ口で話すことができるように努力している私です。

「責任から逃れたい」という理由の他に、私がついつい敬語を使用してしまうもう一つの理由として、「下手にタメ口を使ったら嫌われそうな気がするから」というものも、あります。中学時代の同級生達は、「私は敬語なんか使わなくても絶対に嫌われない」という自信を持っていたから、先生とも先輩とも、タメ口で話すことができた。しかし私は、昔も今も、そんな自信は全く無いのです。

心の中は邪気だらけで、自分で覗《のぞ》き込むのも恐いほど。だからせめて敬語というラッピングを施して、相手に自分を差し出す。タメ口で、すなわち剝《む》き出しで自分をさらけ出すなど暴挙としか思えず、過剰包装をすれば相手に好かれるのではないかと思ったりもした。

歳をとって精神が図太くなってきてからは、「別に誰から嫌われても死ぬわけでなし」

という覚悟も決まり、敬語というラッピングをなるべく省略したいものだと思うようにはなりました。もちろんそれは本末転倒な話で、中身さえ良ければ、

「包装なんて、いらないわ」

ということになるのだろうに。それが望めないので、ほとんどヤケクソ気味に包装を省略するのです。

歳をとったらあまりガッチリ敬語を使わない方が年下の人達のため、という部分もあるようです。少し前までの私は、たとえ相手が年下であっても、仕事上の関係の場合は、タメ口が使えなかったのでした。たまに舌が滑ってタメ口で話した時、

「酒井さんがタメ口使ってくれると、嬉しい」

などと年下女性から言われて、初めて「もしかしたら恐がられていたのかしらん」ということに、気づいた。

自分が若かった頃のことを思い出しても、年上の女性から敬語で話されるのは、そういえば恐かった。

「私とあなたの間には明確に一線がひいてあるのだから、ここから入らないでちょうだいねっ」

と言われているようで。こと女同士の場合は、自分が年上の立場になったら早めにタメ口で話してあげることが、関係をスムーズにするための礼儀なのだなぁと、その時に気付

いたのです。

再び学生時代のことを思い出せば、生徒達から敬遠されていた先生というのは、厳格で冗談が通じないような性質であったのはもちろんのこと、常に生徒達に対して敬語を使用していたのでした。

「おわかりですか？　あなた方のしてらっしゃること、間違ってますよっ」

などと言うその手の先生は、スーツの着こなしにも隙が無かったし、髪の毛のセットだっていつも完璧《かんぺき》だった。そしてその手の先生に対しては、普段はタメ口派の生徒も、決してタメ口では話し掛けなかったのです。

今になってみると、思います。いつも敬語を使用して厳しい授業をしていた古文のA先生も日本史のB先生も、もしかしたらタメ口で生徒から話し掛けてほしかったのかもしれない。タメ口で生徒と話すことに何の躊躇もなかった、体育のC先生や国語のD先生のことを、羨ましく思っていたのかもしれない、と。

A先生もB先生も、

「せんせーい、宿題少なくしてよーぅ」

なんて言う生徒がもしいたとしたら厳しく叱責《しっせき》しただろうけれど、もしかしたらその目は笑っていたかもしれません。A先生やB先生が感じていたかもしれない寂しさに、今となってはちょっとした共感を抱く、私なのです。

清潔と不潔

「貧乏である」という状態と「貧乏臭い」という状態は全く別物であるように、「清潔である」という状態と「清潔感がある」という状態とは、異なるものです。

清潔ブームの昨今。様々な除菌商品が売られ、人々は自分の周囲の菌を滅しようとしているようですが、菌の少ない生活をしている人が「清潔そう」に見えるかといえば、そうではない。外出先のトイレでは常に便座除菌シートを使用しなくては気の済まないような人が、意外に不潔ったらしい格好をしていることは珍しくありません。対して、外見は非常に「清潔そう」なのに、中身は全く清潔でない人もいます。髪をくって白いシャツを着て、まるで聖職者のように清潔感あふれるお嬢さんが、他人が見ていなければ平気でトイレの後に手を洗わずに出てくるという、菌には滅法強い性質だったりすることも、ある。

私はどちらかといえば後者、つまりは本当の清潔さよりも、清潔感を重視するタイプです。「清潔そうに見られたい」という願望はあるけれど、菌の数をカウントできるとしたら、私の身体には、普通の人に比べても実に莫大な数の菌が生息していることでしょう。

当然、便座除菌シートなんて、使ったことナシ。ベッドのシーツの洗濯頻度は、恥ずかしくて他人には言えないくらいの少なさ。旅先で、予備のパンツがなくて洗濯もできず新しいパンツも買えないという状況になったら、一日はいたパンツでも全然はける。シャンプーも、毎日しなくたってぜんぜん可。洗顔も面倒くさーいって感じだから、顔ダニも相当数、生息していることでしょう。

今まで様々な女友達と自分とを比較してきた結果、私はかなり、不潔に対する寛容度と耐性が強いタイプであるということがわかっています。が、清潔信仰が強い現代、そのことはなかなか表に出すことはできません。朝シャンが流行した折りは、

「朝シャンする必要がどこにあるのか、全くもって理解できない」

とは口に出せず、ただニヤニヤと友人達の朝シャン話を聞いていたのです。

誤解を受けるのは、嫌いではありません。清潔そう、という思い違いをされると「してやったり」的な気分になるわけですが、そんな気分はおくびにも出さず、「そうかしら？」みたいな表情で、微笑んでみる。

私のような者は、「本当は清潔なのに清潔感を漂わせない人」の精神構造が、よく理解できません。

たとえば、根元のほうだけは伸びて黒くなっている痛んだ茶髪に、アイロンのかかっていないシャツを着ている女性がいたとしましょう。彼女は、毎日シャンプーもするし歯は

食事の度に磨くし一度着たものは必ず洗濯するしお部屋の匂いはファブリーズで消すしスポンジの除菌もできるジョイで食器は洗うしという、身体中のどこを舐《な》められても大丈夫な、清潔人です。

が、彼女はどうしても清潔そうには見えないのです。「根元だけ黒く伸びている痛んだ茶髪」は、シャンプーのかおりをどれほど漂わせようと、雑菌の巣窟《そうくつ》のように見えてしまう。そして、たとえ洗濯したてでもアイロンがかかっていないシャツを着ている人は、三日目の着用であってもアイロンがかかったシャツを着ている人よりも、確実に不潔に見えてしまう。

また温泉などで女湯に入ると、石けんの泡をブクブクにたてて、すり切れて血が出んばかりの勢いでゴシゴシと身体を洗う人を見ることがあります。〝身体なんか洗わなくたって死ぬもんじゃなし〟と思っている私は、その鬼気迫る洗いっぷりに、思わず見入ってしまうのです。

しかしそのゴシゴシ洗っていた人がお風呂場《ふろば》から出ると、身体がびしょびしょのままに脱衣所を歩き回ったのちに、首がダラーンとのびきってシミのついたTシャツを着たりする。肉体の清潔度合いとその後の行動とのバランスが、つりあっていません。

「最小限の努力で、いかに清潔なフリをするか」ということに心血を注いでいる私からしてみると、この手の人の清潔行動というのは、非常に効率が悪いものに思えてなりません。

が、おそらくその人達にとって清潔行動とは、自分の満足のために行なう、趣味の一環。彼等は、「他人から清潔だとは思われなくとも、自分自身で清潔であるという満足さえ得られればよい」という意志を持っているのだと思う。ちょうど、メイクおたくの人が、たとえ他人から全く理解されなくとも睫毛《まつげ》と睫毛のすき間をアイラインでうめていくことに全身全霊を傾けるように、清潔マニアの人は自分が納得するまで石けんを泡立てて、身体を洗う。

彼等は、ですから公共の場所の清潔、という問題には意識を払わない場合がしばしばあります。自分の髪はきれいにシャンプーしても、ブローをする時に落ちた抜け毛が洗面台に残ったままでも平気、とか。「他人のはいたスリッパをはくのは嫌だから」と、温泉まで自分専用のスリッパをはいてきながら、他人のスリッパを蹴散《けち》らしていく、とか。「アタシだけが清潔でいたい」という欲求の強靭《きょうじん》さは、時として恐ろしくすら思えてくるのです。

対して、うわべの清潔感しか気にしない私のような者にとっての清潔感とは、趣味ではなく実用品です。「清潔感がある人間だと思ってもらいたい」という、実に明確な目的を達成するために、最低限うわべを取り繕うだけの清潔行動を行なうのです。

とはいえそんな私の中にも、実は「趣味としての清潔」を追い求める部分が、少々ながら存在しているのでした。

たとえば私は、昔からなぜか水道の蛇口に関してだけは、常にピカピカであらねば気が済まない性質を持っているのです。洗い物が終った後、キュッキュッと蛇口を磨き上げると、ガス台に汚れが付着しまくり、生ゴミ入れにヌメりが残り、換気扇からは油汚れがしたたり落ちそうになっていようとも、それだけで深い満足感と、精神的充足を得ることができる。

顔面に関して言えば、顔ダニなどは何万匹生息していようがいっこうに構いませんが、角栓と言うのでしょうか、あの鼻のアブラだけは、気になります。少しでもたまると除去したくなるし、他人のものでも気になって「アブラを取った方がいい」などと、余計なアドバイスすらしたくなってくる。

はたまた、床にホコリがあっても耐えられるけれど、落ちている髪の毛はものすごく気になる、とか。本屋さんで平積みになっている本が曲がっていたりズレていたりするとイライラしてしょうがなく、ふと気がつくと店員さんのように片っ端から直している、とか。メガネ及び携帯電話に付着したアブラ分は常に拭《ふ》いておきたい、とか……。

つまり私の場合、「身体を洗う」とか「除菌をする」といった根幹的清潔行動ではなく、実に微細な、別にそれをきっちりしたからといって大勢には何ら影響はないという部分においてのみ、清潔魂は発揮される傾向がある。清潔感と不潔感は、つまり一人の人間の中に、まだらに存在しているものなのです。それはまた、時代によって変化するものでもあるようです。

ある友達は、高校時代はほとんど癇性《かんしょう》といえるほどの潔癖で、書く文字もまるで活字のよう、お弁当に入っているインゲンですら一本一本がまっすぐ揃って並んでいないと気がすまないという人でした。が、長じるにつれてその性質はすっかり緩和されました。今となっては、ラーメン屋さんでゴキブリが横を通過するシーンを目撃しても、

「あ、ゴッキー……」

と言うだけで、平然とラーメンを食べ続けられる大人となったのです。

私の場合は反対に、歳をとるにつれ、多少の清潔意識の向上が、見られるようです。たとえば高校時代は、常に自分の部屋が大地震の直後のような崩壊状態になっていて、掃除するのは親から言われてしょうがなく、一年に一・五回くらいだったのです。ところが一人暮らしを始めるようになると、普通の人よりはグッと頻度は低いものの、誰から注意されずとも、自発的に清掃を行なうようになりました。突発的に、風呂掃除ブームや台所掃除ブームがやってきて、日がなタイルの目地をこすっていたりすることも、ある。

不潔な状況の中で、不潔を気にせず生きるのは、おそらく体力・気力ともに充実していなければできないことなのです。だからこそ高校時代は、どれほど部屋がカオス状態になっていようとも、私は平然と寝て起きて勉強することができた。今、私が多少なりとも清潔に気を遣うようになってきたのは、加齢による体力・気力の減退により、激しい不潔に

は耐えられなくなってきたから。よくワイドショーに出てくるゴミ屋敷みたいな所に住み続けることができる人って、実に頑健な人だと、私は思うのです。

歳をとるほど不潔が際立つ、という問題もあります。女子高生がどれほど大荒れの部屋に住んでいようと汚いパンツをはいていようと、「まぁまぁ、しょうがないわねぇ」とご愛敬《あいきょう》で済まされるところもあるのです。しかし三十歳を過ぎた女が一人、不潔の館に平然と住むというのは、汚いと言うより最早《もはや》、恐い。「年増と不潔」とのマッチングにあまりのすさまじさを感じたということも、私が多少、清潔芸を身につける努力をするようになった一因なのでしょう。

性格によっても、年齢によっても、清潔と不潔のバランスは個人の中で微妙な動きを見せるもの。他人と自分とでは当然、そのバランスも違ってくるわけで、私達は他人と付き合う時に初めて、自分とは異なる清潔感・不潔感のあらわれと出会ってギョッとしてしまう。

でも、そこでギョッとした顔をしては、いけないのです。清潔・不潔に関する感覚は、育ち方や、また精神の奥底の闇の部分に起因する部分も、少なくありません。だからこそ他人の清潔感は、おいそれと触れてはいけない問題という感じがするし、自分の清潔感についても、他人に触れてほしくないという気持ちがある。

きっと、

「水道の蛇口だけはいつも、ピカピカに磨いておかないと気が済まないんですアタシ！」

という性癖の裏にも、精神科医や心理学者が分析すれば、すごーく恥ずかしく根深い私の欲望みたいなものが、隠されているに違いありません。当然、蛇口を磨いて快感を覚えるという行為の反対側には、「こんな不潔な行為にうっとりしてしまうアタシ」という一面も、存在する。

不潔な行為は、人に隠れてコッソリ行なうのが常であるように。清潔に関する行為というのも、あまり人前にさらさない方がいいのかもなぁと、思うのです。

露出と隠蔽《いんぺい》

人類を大きく二つに分けるとするならば色々な分け方ができますよねぇ、ということでまぁこの本は書き進めているわけですけれど、「露出が好き」と「露出が嫌い」という分け方も絶対にあるな、と私は思うわけです。

自分はどちらなのかといえば前者、すなわち「露出が好き」な方であり、以前、何かのテレビ番組で杉本彩が、ほとんど全裸状態に小量の豹柄《ひょうがら》の布を付着させたような格好で、

「露出するのダイッ好き！」

と咆哮《ほうこう》するかのように言っていたのを「わかるわかる」と見ていたクチです。もちろんこちらは杉本彩さんのような肉体は所持していないわけで、庶民なりのチマチマした露出で満足せざるを得ないわけですが。

露出趣味の背景には、当然ながら「見られると嬉《うれ》しい」という気性が存在します。誰も見ていないところでいくら露出しても、何ら楽しくはないのです。自分のことを誰かに見ていてほしいという、基本的には寂しがり屋さんの気質が、露出趣味者には存在しているのではないでしょうか。

当然ながら女子高生時代は、スカートを思い切り短くしてはいていました。おそらくは駅の階段などで、スカートの中身を相当他人様に曝《さら》していたのではないかと今となっては思われ、見たくもないパンツを見させられた皆様には誠に申し訳ない限りです。

女子高生時代には気付いていなかったけれど、今になってみてわかること。それは、「露出するなら相手の心理的負担も考えろ」ということでしょう。

誰かがどこかを露出していると、私達はなぜか、挙動不審になります。たとえばパーティーで、大胆に背中を出したドレスを着ている人がいると、その背中を前にしてどうしていいのかわからなくなる。別にどうもしなくてもいいのに。

ジェーン・オースティンの「自負と偏見」の中に、女の馬鹿さ加減を示す事例として、〝馬車を見て「あれは馬車だわ!」と言うような女〟というのが出てくるわけですが、それと同じように、べろんと露出された美しい背中を見てしまうと、

「あれは背中だわ!」

と言わずにはいられない私。露出は周囲の人を痴呆《ちほう》化させます。

日本は、基本的に露出文化の国ではありません。ですからそれが背中であろうと脚であろうと胸であろうと、通常以上の肌の露出をしている人が一人でもそこにいると、人々はその露出部分のことが気になってしょうがなくなるのです。誰かが、

「いやぁ、すごい胸だねぇ!」

といった発言をしてガス抜きをするまでは、場の空気が和まない。

私達は、露出をしばしば何かのメッセージと勘違いしてしまいがちです。女性が露出度の高い服を着ていると、男性は〝誘惑されてるのか〟と思ったりする。

が、露出している側は、何らメッセージなど持っていないのです。露出趣味者は、おしっこがしたくなったらトイレに行くように、ただ持っている露出欲求を開放して快感を得ようとしているだけ。他人の思惑など気にしていない本能的な傲慢《ごうまん》さとが、そこにはあります。

露出で他人を困らせるのは、女性だけではありません。男性が、何か政治的意図でも隠されているのではないかと思わせるほどにシャツのボタンをたくさん開けていたり、靴下をはかずにスリッポンみたいな靴をはいていたりする人がいると、

「もしかして、『お洒落《しゃれ》』とか『セクシィ』とか思ってその格好してるわけじゃないですよね？　昨日洗った靴下が乾かなかったとか、そういう止むを得ない事情があるんですよね？」

って誰か言ってくれー、と思いながら彼のナマムネやナマスネをじっと見つめることになるのです。

大人になってみてさらに考えるのは、「若くない人の露出はどこまで許されるのか？」ということです。

たとえば中年婦人が、ミニスカートに肌色ストッキングという格好をしているのを見ると、私の中では、

「やはりある程度の年齢の人があの手の格好をすると、周囲をしんみりさせてしまうものであるなぁ。歳をとったら自分の姿を客観視できるようにならないといけないということがよくわかります」

という保守派の声と、

「中年だからミニスカートをはいてはいけないなどという決まりはない！　高齢化が進む日本。中高年もどんどん好きな格好を楽しめばいいのだ！」

というリベラル派の声とが交錯する。

そうすると、自分が夏に好んで着用している短パンに対しても、〝三十歳を過ぎてこんなのはいてていいのか？〟と思えてくるのです。コンビニに行く程度とはいっても、私のナマアシを見ていやーな気分になっている人もいるに違いない。そのいやーな気分とは、私の女子高生時代のパンツを見たくもないのに見せられた人のいやーな気分とはまた別種のものであろうし……。

この気分は、締め付け感と密着感が嫌いなため、近くの駅ビルくらいならノーブラジャースタイルで買い物に行っていた私が、二十歳を過ぎたあたりでふと、〝こんなんでいいのか？〟と思った時の感覚とも似ています。嗚呼《ああ》、人は自分で自分の可能性を狭めていっ

てしまうものなのですね。

肉体的な露出が好きという性質は、私の今の職業と通底しています。エッセイを書き、皆様に読んでいただく職業についたということはつまり、精神的な露出欲求をも私は持っていることを示すのです。

たまに、

「あんな風に自分のことを書いて、テレたりしないの？」

と聞かれることがあります。それは、

「恥ずかし気もなくよくあんなこと書くね」

と同じ意味なわけですが、その手のことを聞かれるとハタと私は考えてみる。が、やはり恥ずかしくはないのです。むしろ気持ちいいくらいの感覚。

さらけ出すのが肉体であっても精神であっても、露出という行為には快感が伴うのだと思うのです。本来なら隠しているべき日の当たらない部分を外気にさらした時の気持ち良さというのは、やはり排泄《はいせつ》行為の快感と通じるのでしょう。

それは、責任放棄の快感と言うこともできます。露出する側は、その露出物を目にした人がどのような感情を持つかということに責任を持つ気はさらさらない。ムッチリと言うには太すぎる、ほとんど暴力的な存在感のフトモモをミニスカートから露出、というか放置する女子高生を見て、

「もう少し自分が曝しているものに責任を持てよ！」

と言いたくなることもあるわけですが、彼女にそんな責任をとるつもりは全くないし、責任をとる必要もない。露出者は、

「嫌なら、見るな」

と言い放つことができる強力な責任放棄のパワーを持っているのだから。

しかし露出というのはアレですね。次第に飽きてくるものです。昔はあんなに興奮したヘアヌードにも今はピクリとも反応しないように、精神的露出に関しても私達は鈍感になっています。

今は精神的露出流行《はや》りの世の中とでも言いましょうか、有名人達がこぞって、

「実は、私……」

と思い詰めた顔で秘密の過去を告白するわけですが、そんな告白にも次第に飽きてくるものです。幼児虐待されていようと精神疾患だろうと引きこもりだろうとおじいちゃんが犯罪者だろうと元いじめ被害者であろうと中学時代にカツアゲやっていようと主食はスナック菓子であろうと、

「あ、そうなんだ……」

で終ってしまうのです。それどころか、過去の告白をする人達の表情に、どこか得意気な空気すら感じて、鼻白んでしまったりもする。

昔は、シャツのボタンを上まできっちり留めている人を見ると、〝この手の、露出欲求過少な人とは友達になれそうもないなぁ〟と思っていました。が、最近その手の人を見ると、〝なんでこの人は、ここまできっちりボタンを留めているのだろうか。このボタンを外すとどうなるのだろうか？〟という探求心が湧いてくる。

女性が大人になると着物に興味が湧いてくるというのも、次第にその辺の事情がわかってくるからではないかと思うのです。歳をとるにつれ、自分の肉体が西洋風の露出に耐えられなくなってくるという事情ももちろんありましょうが、露出することにも、されることにも飽きてしまった人が最後に辿《たど》り着くのが、究極の拘束衣・着物なのではないか。

「露出」という漢字は何だかいやらしい感じだなぁと、昔は思っていましたが、今は「隠蔽」という文字の方が情欲をそそる感じ。歳をとらなければわからないことはたくさんあるなぁと最近は思いますけれど、もちろん若者がこんなことをわからなくたって、一向に構わないのです。

知ってると知らない

すごく若い頃、

「知らない」

と言い放つことが、快感でした。自分より年上の人が、「ひょっこりひょうたん島」や脱脂粉乳についての話をしている時、

「私、そんなの知りません」

と言うと、

「えーっ、『ひょっこりひょうたん島』知らないの？　若いんだなぁ」

とびっくりされた。「若い」という状態は、別に私が良いことをしたから与えられたわけではなく、単に生まれるのが大人達より遅かっただけの話なのですが、

「若いんだなぁ」

というフレーズには、称賛の響きが確実にあった。昔のことを知らないというだけで、自分が特別で、偉いような気分になったものです。

昔のことについて、若い私が、

「知りません」

と言うと、大人達はまるでマゾヒストのような喜び方を見せる。そして私は〝若者としての大人の喜ばせ方〟を知り、

「東京オリンピックっていうのが、あったんですってねぇ」

とか、

「えーっ、『アメラグ』って何なんですかぁ？　それってひょっとして『アメフト』のことぉ？」

などと言って、もっと大人達のマゾっ気を刺激し、喜んでもらおうとしたものです。

対して同世代の友人達と話している時、「知らない」ことは恥でした。渋谷のお店、服のブランド、男の子について。それらをできるだけ多く「知っている」のみならず「経験したことがある」ことが、偉いとされた。高校生活のほとんどは、朋輩《ほうばい》から「知らない」と言わずに済むようにするための努力で時間が過ぎていったような気がしますし、時には知らないことまで、

「知ってる知ってるー」

と、意気がって答えたものです。

以来、今に至るまで、私は色々なことを知るために日々、努めてきました。店だの服だの男だのといったことは、今となってはどうでもよくなっているわけですが、知りたいこ

とは次々と出てくる。本を読んだり旅行をしたり人と話したりすることによって、知りたいことを何となく知ったような気分になるのです。それは、

が、ふと寂しくなることもあるものです。

「ああ、もう『知らない』という状態には戻れないのだなぁ」

と思った時。

たとえば今の私は、カラスミの味を知っています。カラスミを初めて食べたのは、社会人になりたての頃、銀座の飲み屋さんに上司に連れていってもらった時のこと。大根に挟んであるオレンジ色のカラスミがあまりにもおいしくて、

「こんなにおいじいものがあるんですね〜っ!」

と、私は大感激した。

今でもカラスミを食べる時は、〝おいしいなぁ〟と思うわけですが、それは初めて食べた時のあの感動には、明らかに劣る。既にお馴染《なじ》みの味となったカラスミをかじりつつ、〝カラスミの味を知らない時代には、もう戻ることができないのだ〟と思うと、寂しくなるのです。

何かを「知らない」という状態から「知っている」という状態になるのは、その何かが身近な問題であるかぎりは、ある程度の努力をすれば可能です。が、「知っている」という状態から「知らない」という状態に戻すのは、痴呆《ちほう》にでもならない限り、ほぼ不可能。

一度セックスをしてしまった人は、たとえ処女膜再生手術を受けても処女ではないし、昔野球をやっていた人は、たとえ二十年間のブランクがあっても、再びバットを握れば昔と同じようなフォームで素振りをしてしまう。

私達は昔に憶《おぼ》えたことを忘れることもできるし、世の中には「白紙に戻す」という言い方もあるけれど、忘却によって得られる白紙は、鉛筆で書いた文字を消しゴムで消して白くした、という感じなのです。過去に読んだことがある本を、忘れてもう一度読んでいて、〝ハテ、何かこの読み心地、以前にも一度味わっているようなないような……〟と思うように。

そして私は、「知らない」という状態がいかに貴重なものであったかを、しみじみと思い知るのでした。知っているべきことはほとんど知らず、知らないでいいことばかり、たーっくさん知ってしまったような気がする今。ドロッと淀《よど》んだ自らの知識の壺《つぼ》を覗《のぞ》き込んで、ゾッとすることもしばしば。

世の中を見ていると、称賛されがちな生き方というのは、ふた通りあるように思えてきます。一つは、たとえば学者とか経済人など、たくさん勉強したりたくさん面倒臭い経験を積むことによって功成り名を遂げて評価をされる人達の生き方。もう一つは、たとえばインディアンの長老とか山の中の炭焼きのおじいさんとか、いわゆる近代的な知識というものから遠い場所にいて、社会的評価に全く興味を示さないような人が、それ故に味わい深いことをポロッと言い、中途半端な知性にウンザリしている都会人達から「これぞ真実」と有り難がられる、という生き方。

インディアンの長老的生き方が自分にできるわけがないことは、明らかです。知らなくてもいいことを「知って」しまった人が、今さら知らないフリをしたり、知らない状態に戻ろうともがくことはほとんど醜悪ともいえるわけで、長老的生き方は長老だけがしていればいいと思う。

そうなると私のような「既に知ってしまった者」は、知って知って知りまくるしかこの世を生きぬく手はないように思えてきますが、それもまた困難なのです。

知識というものは正しく積み上げていってこそ高い地点に到達するものですが、この歳になると、自分の積み上げ方が間違いであったということがはっきりとわかってくる。

〝土台が更地であれば、基礎から築いていくことも可能かもしれないが、ところどころに落ちている断片的知識が邪魔をして、基礎づくりする隙間がもう無い！〟と、茫然《ぼうぜん》。〝ああ、何も知らない子供であったらなぁ……〟と、夢想するわけです。

「知らない」ということに対する憧《あこが》れは、若さへの郷愁なのかもしれません。今、私は、

「バブルの時代って、どんな感じだったんですかぁ？」

と若者から問われれば、

「うっそ、バブルの時代知らないの？」

と驚愕《きょうがく》する。若者は私の表情を読み取ってさらに、

「松田聖子の娘の父親って、誰なんですかぁ?」

と畳みかける。その時の彼等の表情は、サドっ気たっぷりの喜びに溢《あふ》れており、〝ああ、ひょっこりひょうたん島について、勝ち誇ったように『知らない』と言った私も、こんな顔をしていたのであろうなぁ〟と思わせるのです。

「知らない」という言葉が持つ力はとても強力です。男女の会話がもつれてきた時も、

「そんなの知らないわよ」

と言ってしまえば、会話はもう続かなくなるし、何か選択を求められた時も、

「知らなーい」

と言えば、「私はその選択をすること自体に、興味がありません」ということになる。

人は、知らないからこそ、残酷になれるのです。私達はそこに小さな虫がいるのを知らないから平気で地面を踏み付けられるのだし、有名人を傷つけるには、その人の悪口など言わずとも、その人のことを「知らない」とさえ言えばいい。もちろん、

「そんなの、知らない」

と言えば、東京オリンピックがどれほど素晴らしいイベントであろうと、バブルの時代の思い出がどれほど華やかであろうと、それらは全て無価値になるのです。

「知らない」ことは、若さの特権なのでしょう。人は生きているだけで色々なことを知っ

てしまうし、大人になればなったで常識を求められ、

「私、何も知らないんですぅ」

では済まされなくなってもくる。

真面目な人道派の人は、

「無知でいることそのものが、罪なのです!」

なんて急《せ》き立てるように言うし。でも、何かを知ろうと思うと難しすぎるし。完璧《かんぺき》に「知る」ことも、完璧に「知らない」でいることも、常人にはちと無理な話なのであって、その間に広がる茫漠とした空間で、適当にもがき続けるしかないのだろうなぁと、私は思います。

痛みとかゆみ

他人の痛みがわかる人間になりなさい、と子供の頃から言われ続けて大きくなったような気がします。

が、私には他人の痛みがサッパリ、わからないのです。たとえば体育会で運動をやっていた学生の頃、軍隊っぽい気風が多分に残っていたその部においては、試合で負ける度に男子部員は、監督やコーチからボコボコに殴られていました。他人が殴られているのを見るのはとても嫌だったけれど、しかしすぐ隣に並んでいる男の子が殴られても、私の頬は全く痛くなかった。一生懸命にその痛みを想像してみようとしても、ちっともできなかったのです。

他人の痛みがわかる人間になりなさい、というのはそういうことではなくて、他人の精神的な苦痛を理解してあげなさいという意味ではあるのでしょう。が、他人の精神的な痛みも、私にはわかりません。

失恋して食欲も無ければ眠れもしないという友達が目の前にいて、彼女の悩みや悲しみを聞いてる時、私は彼女の落ち込みっぷりに思いを馳《は》せることはできても、その落ち込みを自分のものにすることはできない。ものすごく心配はしていて、早く元気になってほしいとも思うけれど、私自身はおおいに食欲があるし、家に帰れば実に気持ちの良い眠りにつくことができるのです。

他人の痛みがわからないどころか、私は自分の痛みも、すぐにわからなくなります。たとえば、頭痛。頭痛の時は本当に気分が重いのですが、翌日になって治ってしまうと、前日のパッとしなかった気分は、全く忘れています。〝あの嫌ァな気分をちょっと思い出してみることはできないものか〟と思っても、絶対にできない。

精神の痛みにしても、そうです。精神的に快調な時は、〝落ち込んでる時って、どうしてあんなに手も動かせなくなるほどどんよりしちゃうのだったっけ。楽しいことをしたり考えたりすれば、すぐに気分なんか良くなるのにねぇ。たりらりらーん〟という気分でいるもの。

いざ本当に落ち込んでみると、精神にかかったグレイの暗雲は、楽しいことを考えたりするくらいで晴れるものでは決してないのです。晴れ晴れとした気分を思い出そうとしても、チラリとも思い出すことはできません。

全く痛みを抱えていない人にとっては、かつて自分が経験した痛みすらも、「わかる」ことは困難なのです。ましてや他人の痛みなどとてもとても……。他人の痛みをわかったフリをすることはできても、本当にわかるということはできないのであって、だからこそ、痛みを抱えていない人というのは、とことん残酷になれる。

「他人の痛み」に比べるとまだわかってあげられるような気がするのが、「他人のかゆみ」です。かゆみとは最も軽度な痛みなのだそうで、もちろん誰かが、

「かゆいっ、耳の中がかゆくてたまらないっ」

と言っている時に、そのかゆみを共有して自分もかゆくなってみることは、できはしない。

けれど痛みと違ってかゆみは、他人が何とかしてあげることができるものです。耳がかゆい、と言っている人の耳を綿棒でグリグリしてあげる、とか。背中がかゆいと言っている人の背中を、少し爪を立ててかいてあげる、とか。自分がかいてあげることによって、

「うわぁぁぁ、気持ちがいい！」

と快感の声を洩《も》らす人を見ていると、何かとても良いことをしているような気分になってくるものです。同時に、〝この人の快感が指を通じて伝わってこないものか〟と思うけれど絶対にそうはならないところに、〝この人と私は、確実に他人である〟という意を強くするわけですが。

では精神的なかゆみとは、どのようなものか。……と考えてみると、たとえば好きな人ができたばかりの人などを見ると、

「ああ、この人は今、精神的にかゆいんだな」

という気がします。好きな人が、いる。でも相手の気持ちはまだ確かめることができなくて、どうしたらいいのかわからないけれど、とにかく一刻も早くどうにかしたい、という気分。それは身体のどこかがかゆくて、とにかくこのかゆみをどうにかしたい！　と思う気分と似ている。

蚊に刺された人が、他人に言ったからといってかゆみが治まるものでもないのに、

「かゆいよー、ものすごーくかゆい！」

と他人に訴え続けるのと同じように、好きな人がいる人というのは、

「なんかあの人のこと、好きになっちゃったの。いやーんどうしよう！　好きなの！」

などと言いまくります。

この時、肉体的なかゆみを訴える人に対しては、

「かきむしっちゃ駄目よ」

と言うのが、良識ある対応というものでしょう。虫刺されが原因であれ肌の乾燥が原因であれ、かゆいからといってかいてしまうと、ますますかゆくなるものだから。でもかゆみを訴える人はたいてい、その忠告を無視して、かいてしまう。

恋をしている人も、そうです。たとえば恋の相手が明らかなダメ男だったり妻帯者だったりすると、

「悪いこと言わないから、やめておけ」

と周囲は言うわけですが、本人はやめることができない。結局、自分でバリバリとかきむしってしまう、つまりはその恋につき進んでいってしまうわけです。かゆいところをかいている時の快感は、ちょっと他には無い類のものです。かいてはいけないとわかっているからこそ、かくことによって得られる一時の快感はいや増す。興が乗ってくると、もう指が勝手に動いて止められなくなってきます。しかし心ゆくまでかきむしった後に待っているのは、痛みなのです。ふっ、と冷静になってかく手を止めると、肌には血がにじんでいたりもする。やっぱりかかなきゃよかった……と思っても、忠告を無視してかいてしまったのは自分なのだから、我慢するしかありません。

いずれにしても他人のかゆみは、他人の痛みと比べるとまだ、何らかの対策をとってあげ易いのです。かいてあげる、でもよし。かくのはやめろ、と言うでもよし。かゆさを分かち合うことはできないのは痛みと同じだけれど、痛みのようにただ手をこまねくだけ、という感じではない。

だからこそ、特に心がかゆい人の扱いは難しいと言うこともできましょう。心が痛い人であれば、ただ寄り添っていてあげるとか、話を聞いてあげるとか、痛みが無くなるまでの時間を共に過ごすのが、ほとんど唯一の対処法。

対して心がかゆい人は、ただ寄り添うだけでは、満足しません。彼等は、

「絶対にかくな」

と言われれば反発してかくし、

「自分の責任なんだから、かいちゃってもいいんじゃない？」

と言われれば、待ってましたとばかりにかく。彼等はいずれにしろ、かくために背中を押してもらいたいのであって、どのような形であれ他人が患部を少しでも刺激すれば、かき始めてしまう。

かゆみの向こうには、痛みがある。それがわかっているけれど、私達はかくことを我慢することができません。我慢できる人もいるのかもしれないけれど、そんな人には面白みが欠けるような気もする。

かいているうちにどんどんまたかゆくなり、それでもとめられなくて流血してからやっと、かく手を止める。それは、ダメ男と恋をしてボロボロに傷ついてから、やっと手を引くようなもの。痛みを覚えて初めて「かかなきゃよかった」と、思う。

が、かきむしった後の痛みというのは、どこか甘美で悪くないものでもあるのです。痛みを感じながらも、かきむしっている時の快感を反芻《はんすう》できるからなのかもしれませんが。

……そんな感覚だからこそ、いつもかゆさを我慢できない私。かくのを我慢するのは、痛みを我慢することよりも大変なことのような気が、私はします。

ゆく年くる年

一年中で最も楽しみにしている番組は紅白歌合戦で、物心ついてから今まで、見逃したことはない私。

何といっても「合戦」という響きが素敵です。桶狭間《おけはざま》とか屋島《やしま》とかサルカニとか、とにかくマジな戦いであることを思わせるではありませんか。ちなみに「弔い合戦」という言葉も私は相当好きで、その只中《ただなか》にもし自分がいたら、泣きながらハチマキ締めて燃えるタイプだと思います。

紅白歌合戦における男と女が戦うというスタイルもものすごく根源的、しかしそうであるからこそなかなか他では見られないものであるところが、イカしています。太古の昔より、人類という生き物の中はずーっと、男対女の戦争を行なっているような気がするわけで、歌に託した男女の戦いは、一年の締め括《くく》りに相応《ふさわ》しいイベントであると私は信じる者です。

紅白歌合戦をずっと見ていると、その勝敗の行方はかなり、予想がつくものです。

「やっぱり今年は、紅組の方が勢いがあったようだ……」

と思うと、本当に紅組が勝つ。勝った組の司会者に優勝旗が手渡され、蛍の光の合唱によって紅白歌合戦は、大団円を迎えるのです。

……と、次の瞬間。テレビの画面は静寂に包まれます。そう、「ゆく年くる年」が何の前触れもなく始まって、テレビの画面は寺の風景などに切り替わる。

私はこの、紅白歌合戦から「ゆく年くる年」に切り替わった瞬間の静寂、というものが大好きです。祭りが終って、いよいよ本当の年の終りが近付いてきているという実感が湧いてくるのです。

この時、最初に映るのはどうしたって、雪の風景であってほしいものです。少しの音もたてずにけなげに降り続ける雪が静けさをアピールし、寺で祈る善男善女達の頬の赤さを引き立てる。〝ああこの人達は紅白を見られなかったのだな〟と、ちょっと思ってみますが、まぁその人達にとっては「『ゆく年くる年』に善男善女として出演する」ということで年末は頭がいっぱいだったに違いなく、紅白歌合戦を一回くらい見逃そうと、別にどうということはなかったはずです。

除夜の鐘の音も、響いてきます。新しい年がやってくる時に、煩悩を一つ一つあらいざらいにするというのも、考えてみればほとんどヤケクソ気味の、破れかぶれな感じのする行為ではあります。が、煩悩がどうのこうのという大義は今となってはどうでもよくなっているわけで、何となく大晦日《おおみそか》の夜に鐘を聞くとしみじみした気分になるという、これはパブロフの犬のような効果をもたらす音なのだといえましょう。

　思い返してみればその昔、「ゆく年くる年」にはNHK版と民放版の二種類がありました。その時だけは、民放各社は同じ「ゆく年くる年」を放送していたのです。NHK以外はどのチャンネルにしても同じ番組を流しているのが、面白かった。

　私はもちろん、断然NHKの「ゆく年くる年」派でした。抹香臭い子供であった私は、民放版の「ゆく年くる年」は何か軽薄な感じがして、年の瀬には相応しくない！　と信じていたのです。

　ただ子供時代の私は、NHKの「ゆく年くる年」に一つだけ、不満を持っていました。それは、いわゆるカウントダウンが無い、ということ。画面の端に突然、「0：00」という表示が出てきた瞬間がすなわち新しい年になった時ということで、気を抜いてトイレに行ったりしていると、いつの間にか新年になってしまっていた。子供としてはやはり、

「三、二、一、ゼロッ！　明けましておめでとうございまーす！」

などと、派手に叫んで新年を迎えたかったわけです。

　ところが大人になってみると、このNHK方式の年明けが、やけにしっくり来るようになるのですね。

「一月一日の午前零時というのは、何ら特別な時間ではないのです。悠久の時間の流れの中の、とある一瞬間にしかすぎないわけですよ、エェ……」

とでも言いたげに、テレビ画面左上にぽそっと出てくる「0：00」。周囲の人達と新年のご挨拶《あいさつ》などを地味に交わしてみます。

そうこうしているうちに、テレビ画面左上の数字は「0：01」に変わっています。あぁやはり、年が変わる瞬間がどんなに特別な時間であろうと、その時間を手元にずっと留めておくことはできないのだなぁ、それは生きているウナギをずっと摑《つか》んでいられないのと同じことであるなぁ……などと、生きているウナギなど本当は一度も摑んだことはないのに、思ってみるのです。

「ゆく年くる年」は、旧《ふる》い年と新しい年とをつなぐ、いわばのりしろのような役割をしている番組なのです。が、年というものは本当は紙でできているわけではなく、とらえどころのないもの。新しい年になったからといって空気の色が変わるわけでもない。生活していく上で便利だからということで、人間が秒とか分とか年とかを作ってみたわけで、

「やっぱりたまにはイベントが無いと生活がピリッとしないよね！」

ということでお正月という行事もできてきたのでしょう。

今、私のお正月はＮＨＫによって作られています。もしＮＨＫが間違えて十分早く「ゆく年くる年」の放送を始めても私は全く気付かずに、

「雪の寺はいいなぁ」

とジーンときているでしょうし、それどころか一日早くても気付かないに違いない。大

切なのは、本当の一月一日午前零時を意識することではなく、お正月が来た、と信じ込むことなのですから。

そうこうしているうちに、「ゆく年くる年」の画面に出ている時計が「0：14」くらいになると、新鮮だった新年の感動も次第に薄れてきます。大晦日のちょっと浮き立つような気分も、新年の神聖な気分も、考えてみれば演出しているのはNHK。この番組がなくなったら、果たして私は安心して年を越すことができるのか。

「ゆく年くる年」が終って、年が明けたばかりの夜の道に、出てみます。初詣《はつもう》でに行くのか、ちらほらと人が歩いている。既に「くる年」にとってかわられてしまった「ゆく年」の後ろ姿がどこかにチラとでも見えないかと探してみますが、もちろんそんなものが見えるわけは、ないのでした。

エピローグ　あっち側とこっち側

道を渡るのは何て面倒なのだろう、と私はいつも思います。

私の家の近くにはコンビニが二軒あるのですが、一軒は私の家から行くと道の向こう側にあり、もう一軒は線路の向こう側にあるのです。

跨線橋《こせんきょう》で線路を渡るよりも道を渡る方がまだラクなので、いつも道の向こうのコンビニを目指します。が、その道を渡るのが私には面倒臭い。片側一車線の、信号すら無い細い道なのだけれど、道の「あっち側」にあると思うだけで、そのコンビニがとても遠い場所に思えてしまうのです。

あっち側と、こっち側。ただ、道とか線路とか川とかを隔てているだけなのに、その距離はとてつもなく遠く思われる。道のあっち側にあるコンビニまでの距離は二十メートルで、道のこっち側のコンビニまでは百メートルであったとしても、道のこっち側にあるコンビニの方が、心理的距離は近いのです。

同じことが、人間同士のお付き合いにも言うことができましょう。私達は、自分と同じ側にいる人、つまり「自分と今、同じ立場」にいる人達に親しみを感じ易いし、仲良くもし易い。

思い起こせば高校時代の後半、大学に推薦で行く人と、受験をする人の間に、我が家とコンビニの間にあるような道が隔たっていたのでした。受験組は、「推薦組は、受験しないでいいからって受験組の気持ちを慮《おもんぱか》ることもなく、無神経にはしゃぎすぎ」

という気持ちを持っていたし、推薦組は、

「受験するって自分で決めたんだろうに、受験組は〝自分だけが世の中の苦労を背負ってる〟って顔しすぎ」

と思っていた。

受験組と推薦組の隔たりは、それまでの仲良しグループの枠組みを壊す勢いを持っていました。既存の仲良しグループの枠組みを超えて、受験組は受験組で仲良くするようになった。大学進学という行事は、女子校における強固な仲良しグループという構造を変えたのです。

あっち側とこっち側は、どのように分かれていくか。それはやはり、人生に関わる問題毎に、決まっていくようです。就職の問題も、その一つでしょう。就職活動の時期になって、「スチュワーデスになりたい！」とか「女子アナになりたい！」と必死になる女友達を見て、

「あ、この人達って、あっち側の人なのだなぁ……」

と私は思った。学生生活の中で彼女達に対しては、何となく同じ側にいないような気はしながらも、同じ学校に通っているよしみで、ランチを食べたり試験のコピーを回してもらったりはしていた。が、スチュワーデスや女子アナを目指すと彼女達が明言した時点で、

「やっぱりあっち側だったんだ！」

と、私ははっきりと理解することができたのです。

結婚は、人生の中でも最も大きな、あっち側とこっち側を分ける問題かもしれません。それまでどんなに仲良くしていた人でも、結婚して子供を産んだ人と独身の人とでは、興味の範囲、生活時間帯、経済状況等が大きく異なってしまう。その人の性質自体は好きであっても、物理的な条件がどうしても嚙《か》み合わないことによって、あっち側とこっち側に泣き別れ……ということが、ままあります。

もちろん、橋なり横断歩道なりを渡って行き来することは可能なわけで、その気になればあっち側の人達と交流を持つことはできるのです。しかしやっぱり、あっち側に行くのはとても面倒臭い。あっち側の人にこっち側に来てもらうのも、気を遣う。結局、

「こっち側はこっち側同士でいた方が、ラクだし楽しいやね……」

ということになってしまうのです。

あっち側とこっち側に分かれる、悲しさ。それは、あっちからはこっちが、そしてこっ

ちからはあっちが「見えている」という部分にあります。ああ、どうして道を隔てているとはいえすぐ目の前にあるコンビニに行くのがこんなに面倒なのか。どうして、前は仲良しだった人達と、今は互いの立場が違うというだけで疎遠になってしまうのか。

この、

「あっち側に行くのが、面倒臭い」

という気持ちの背景には、あまりにも自分が可愛い、という気分があるのでしょう。こっち側、という自分の陣地にさえいれば安心だけれど、道を渡って他人の陣地へ行くのは心身ともに疲れる。あっち側の人が自分のことを受け入れてくれるかどうかも、わからない。「そちらからこちらに来て下さるのはやぶさかでありませんけど、わざわざこちらから出向いて行くのは何だかねぇ」という、あくまで自分を甘やかしたい、気分。

あっち側とこっち側の問題を突き詰めていくと、ついには自分にとって完璧《かんぺき》に「こっち側」にいる他人など、一人もいないことが、わかってきます。

まず、女性の自分にとって、男性は全てあっち側の人。会社員ではない私にとって、会社員もあっち側の人。年配の人も若者や子供もあっち側だし、既婚者もあっち。外国人なんて、全然あっち。……自分と全く同じ立場にいる人などいるわけがないので、ふと気付けばこっち側にいるのは、自分一人だけ。

誰かが近くにいればいるほど、あっち側とこっち側の違いに気付くこともあります。たとえば行きつけの料理屋さんのカウンターで、料理人と親しく話しながら食事をする。しかしどれほど会話が弾んでも、料理人にとって客は、そして客にとって料理人は、「あっち側の人」なのです。仕事として料理を作る側と、お金を払って料理を食べる側との間は、一枚のカウンターよりももっと大きなもので、隔てられている。そのことに気付かせないようにするのが料理人の腕の見せどころ、という部分もあるのですが。

恋人や夫婦にしても、同じでしょう。何となく好もしいような気がしてセックスなどしてしまうと、相手の異性がこの世で一番親しい人のような気分になるものです。同じ住居に住むようになれば、両者間の距離など無くなったかのような気分にすら、なる。が、しかし。相手の食事のマナーに決定的な欠点がみつかった、とか。恥ずかしいと思うポイントがずれている、とか。面白いつもりで言っているらしい話がものすごく面白くない、とか。ふとした違和感を覚えた瞬間に、相手と自分との間には、決して消すことのできない線が引いてあることがわかってしまうのです。どれほど肉体が接近してもその線が無くならないことに気付いた時の荒涼とした気分というのは、肉体が遠く離れていた時よりも強いもの。

自分で線さえ引かなければ、「あっち側」感覚など感じずに済むものなのかもしれません。けれど「こっち側」を愛する私の気持ちは、既にあまりにも強くなりすぎてしまっている。

自己愛の果ての、孤独。その孤独は、自分で選んだだけに、意外と居心地が良い。自分以外の世の中全員が、あっち側で仲良く楽しそうにしているのを見たとしても、

「でもあっち側に渡るのって、面倒臭いしにゃー……」

と、こっち側で寝転がっているような気がしてならないのです。